90后诗选

诗建设

主编 泉子

总第33卷
2023年第一卷

NO.33

目录

4	敖运涛的诗（6首）	41	独孤长沙的诗（11首）
9	伯竑桥的诗（7首）	46	非非的诗（9首）
14	曹僧的诗（7首）	51	风卜的诗（9首）
19	陈十八的诗（10首）	56	付炜的诗（6首）
23	陈文君的诗（7首）	61	更杳的诗（4首）
28	陈翔的诗（5首）	66	海女的诗（4首）
33	陈钰鹏的诗（1首）	71	何骋的诗（7首）
36	程川的诗（8首）	76	黑夜的诗（6首）

82	胡了了的诗（1首）	115	莱明的诗（8首）
85	霁晨的诗（3首）	120	兰童的诗（9首）
89	葭苇的诗（6首）	125	李海鹏的诗（3首）
94	姜巫的诗（9首）	129	李琬的诗（4首）
98	蒋静米的诗（4首）	134	李尤台的诗（6首）
101	君晓的诗（8首）	139	李昀璐的诗（9首）
106	康雪的诗（11首）	144	马贵的诗（3首）
111	康宇辰的诗（3首）	149	马骥文的诗（2首）

156	马克吐舟的诗（6首）	197	苏笑嫣的诗（6首）
161	麦先森的诗（8首）	202	童天遥的诗（2首）
166	彭杰的诗（8首）	204	童作焉的诗（3首）
171	秦三澍的诗（6首）	208	拓野的诗（7首）
176	砂丁的诗（5首）	212	王彻之的诗（7首）
182	沈至的诗（6首）	217	王江平的诗（7首）
187	施瑞涛的诗（9首）	222	王年军的诗（5首）
192	双木的诗（14首）	227	王子瓜的诗（4首）

234	吴盐的诗（6首）	271	余真的诗（10首）
238	肖炜的诗（4首）	276	玉珍的诗（7首）
243	闫今的诗（12首）	281	曾毓坤的诗（3首）
248	炎石的诗（6首）	285	张铎瀚的诗（5首）
253	姚彦成的诗（4首）	289	张晚禾的诗（7首）
258	叶飘的诗（7首）	293	张小榛的诗（7首）
263	颖川的诗（6首）	298	赵应的诗（6首）
266	余幼幼的诗（9首）	303	周乐天的诗（6首）

310　张光昕：半说九〇一代诗人

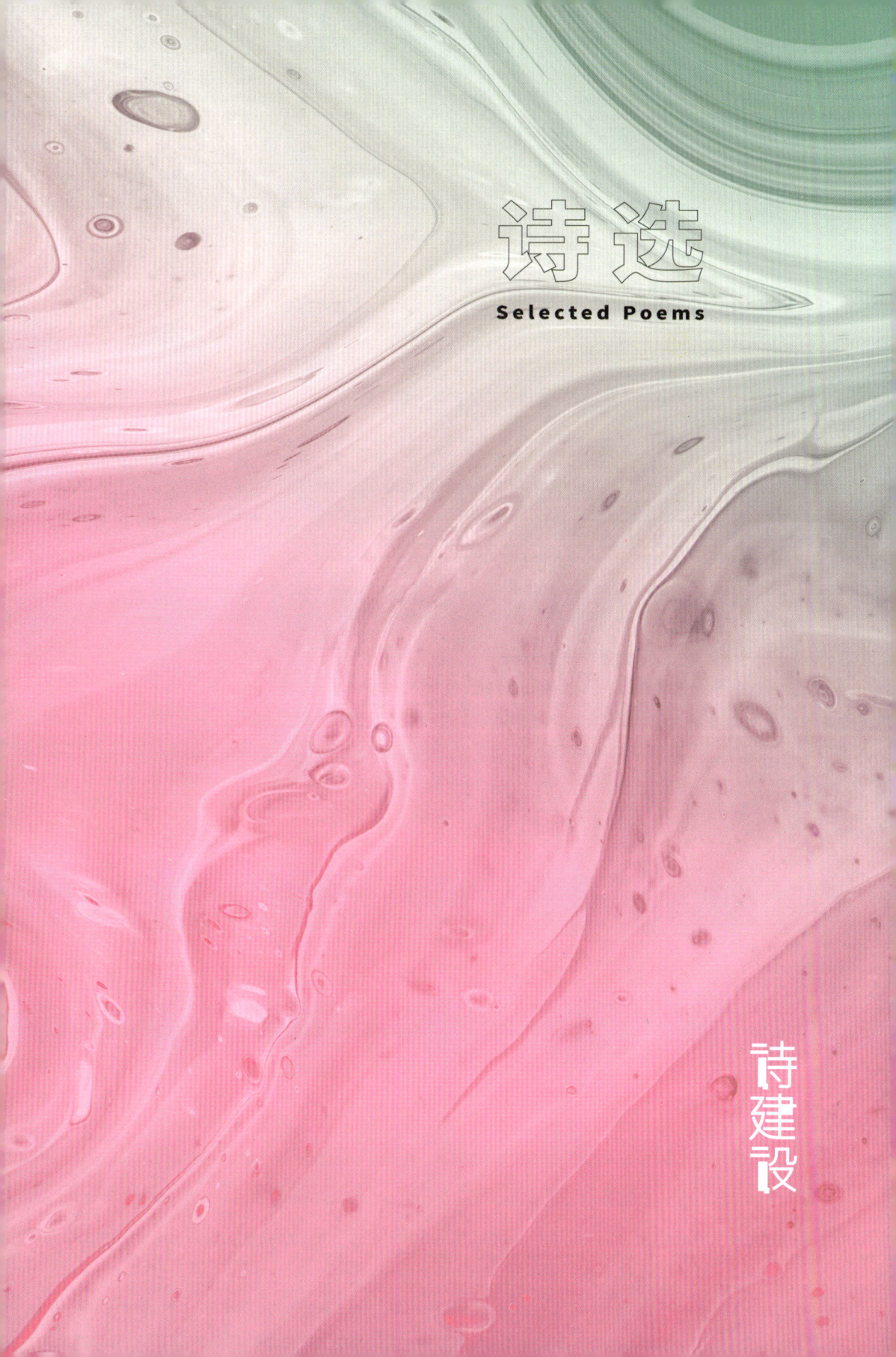

诗选
Selected Poems

诗建设

敖运涛 004

伯竑桥 009

曹僧 014

陈十八 019

陈文君 023

陈翔 028

陈钰鹏 033

程川 036

独孤长沙	非非
041	046
风卜	付炜
051	056
更杳	海女
061	066
何骋	黑夜
071	076

敖运涛的诗
· 6首

大 雪

我要一场大雪，无论春分夏至。我要一场大雪，
像一头白狼。万物，因穿戴得过于臃肿而
裸露。我要白狼，从天空深处降临。草木吐词，群山劈开。
我要它奔驰，踢踏，目光挂满天涯
我要它抖动，白鹅纷纷，一如大地的惊惧

海

有时候，海从书页间涌来
他来不及消化。有时候，海从他的两瓣嘴唇间
飞出，像一根锋利的针。
——更多的时候，海渐渐浸漫
他的身躯，他的血液。
他是一叶帆，
在浪涛之间，轻轻地闪着海鸥之白

致武汉

梦里的凤凰，翩然落于珞珈山
挥动一襟江汉平原起舞。哦，我旧时的尼罗河
穿越你，犹如穿越鹰眼九千里的风暴
犹如穿越一个时代的贲门。我在伤痕累累的羽毛上
高歌，在飘之上仰望，在愈合里挣裂

在大雨滂沱的十月，抵达。
哦，我昔日的情人
此时，我是一条无路可去的铁轨，在你的心脏上
站立。此时，千湖是眸，长泪逆流。

青年日记：2014—2017（摘选）

  或许那就是青春，也或许那就是诗！
         ——题记

******

极尽光华的一夜，太快太快。
薄晨初开，竟宛然无依，和一大群人，下一站：

去哪里？

******

夜，谁家的狗吠声？

四点多醒来，醉隔今生。
风，爬上了阳台。

步履细碎处，伸手只触大星。

******

时光滤过，
所幸——
有那么一群人在我手中，
依然绿意盎然，
像一片青苔。

******

此刻
有人在深海觅光

有人在深夜下雨

******

有些爱与包容,并不是取之不尽的,
总有一天或者一次,它会衰弱、枯竭……不要尝试

底线。

******

他们一定会来叫我
在夜色闭合时
叩响门扉

******

时常的哀伤袭来,
有时候明白其缘由,有时候又模糊。
像接待老友一般,坐下——
来,谈一谈这生活。
这,转身飘飞的泪。泪。泪。

******

精神的贫瘠比物质的贫瘠更持久、折磨。

******

即使一无所获,也会振翅起飞。
在蛮荒无际的时间里,游移,
像一朵明亮的失眠。

******

现在想想,那过往的很多故事都很有意思,
它们也许是一瞬间完成,也许是花了好多年才完成,
它们静静地站在记忆里,不粉饰,不夸饰,
就那么平平淡淡地叙述出来,都很有意思。

宿　命

捉不住的词，
是河豚——在河里闪着银子的光；

是爱人眼角的那一滴眼泪，
如此晶莹——你却无法用你粗大的手

将它
握住。

是泥泞小路上的
脚印，片片如梅花。你却无法从深山

听到它的回音

是汹涌在字里行间的一浪浪
湛蓝……

捉不住的词，你的宿命：
终其一生，你都注定要背负它的声旁

寻找——

它的形旁

是水，是水

我把经历的一切美好都搬到这里——
我把经历的所有痛苦都搬到这里——
在这里，我被生活打掉牙的牙床又长出新牙，
我死去的外婆又提着一袋包子
来看我——用她拾破烂儿换来的钱币。
我爱的姑娘美丽得如一棵枫树，永不会老去。
在这里，微风轻扬，风车旋转，
我有足够的时间将我生命中的盐一一晾晒，
结晶，迎着太阳，闪耀着白色的光。
是水，很快就没了过来。

是水，是水，猝不及防地就没了过来。
石头沉入水底，
白鹭飞向岸边——只有我，面对这
一望无垠的粼粼水波时，

脸上浮现出一个水手的愁容。

敖运涛，1991年生于湖北竹溪。浙江省作家协会会员。有作品发表于《诗刊》《星星》《江南诗》《山东文学》《草堂》《诗潮》《飞天》《诗歌月刊》等。曾参加第六届中国·星星大学生诗歌夏令营、由《扬子江诗刊》《诗歌月刊》联合举办的"首届长三角新青年改稿会"。现定居杭州。

伯竑桥的诗
• 7首

从北京回来,我们一起去买菜

对岸桥上偶尔过着绿皮火车
像两个春天相爱的人拥抱着滚过长江

在山坡,有人在风中遥远地回头
无尽的天空也替代不了人的眼睛

我想在瞬间就谅解呼啸而过的生活
像默背一道夜里错车时刹那的眩光

远处每个房间都悬挂温暖单薄的梦
依然失眠的是雪天屏息的野马

你说,城市里心脏生冷的人们
会漫步在菜市场,找回自己的体温

颐和园路的哈姆雷特

每一次归来都不必打湿衣裳
抽刀断水的浑仙人,你可晓得
身后琴音中廓然高飞的部分
会否留下命数以外的划痕

你飘忽的情人脸上掠过
酒瓶钝绿的反光:活着还是死去,谁
都远远够不着上帝。你曾钟情的

许多叶子，是同一把提琴
奏出的丰腴颤音

可为什么你我本就是秘密
却又是最希望被掀起的东西？
命运的讲台下坐满又坐满
无数编织童年的小蜘蛛

水边，是哪个在交谈
如两只渴求互相沾湿的袖子
尔后冉冉地老着，不是一天两天
轻吒一声，又攀上
年少时沉深追怀的影像

但深邃的年轻人
已是老虎机上闪烁的一排小彩灯
（快让石子儿低低飞行！
或一搏概括天空的可能）

肉欲摸上去湿漉漉，开花时
是清晨的雾，或她母亲擦亮的管风琴
雾中，我们穿越过层层风景
循着转瞬即逝的、响亮的声音

阿卡贝拉[①]：献给索尼娅[②]

错过的列车都没有我的终点
索尼娅，为何我仍向你求取着什么？
我听见你悲哀的足音，多年来
贫穷远比我们更清澈，像你瞳孔中的水
梳洗路过的那些风，沉默且温驯
我的肉体紧闭，灵魂荒腔走板
你在念诵着什么？索尼娅，当大风刮过山冈
我会找回七岁那年弄丢的帽子吗？
悲哀会板结，欲念悬停在地平线，仿佛隐现的星群
人世间，有人在呼唤羊群，有人在找寻父亲

① 阿卡贝拉：Acappella，一种清唱形式。
② 索尼娅：《罪与罚》中的失足姑娘。

花影之夏

夏天最年轻的部分，是夜晚
在它体内，你有轻如干花的期待
想要笨拙地活下去。穿过
广场舞人群，和身后烟雾缭绕的烧烤摊
活下去；在酒瓶幽深的反光中
读众生的脸，饮腥香的乳汁，说所有的孩子
都是父母随手拉开的易拉罐
阳光下他们留给你的，一会儿是钢琴曲
一会儿是割草机。
在末班公交车的环形扶手间
晃荡着活下去；
背出被侮辱和被伤害的名字后，活下去
去追回，一些出现又离开的人，
他们错落，在某个下午的时间缝隙。
天真地活下去，手捧花束活下去
去问倦怠的潦草之神
滞重的肉体，何以同时偶然地
承受爱的秘密而活下去。
一张弓，绷紧，这是我们等待自己的时刻
在瞬间风物和短暂宽宥中活下去
说它，只是一面摸不到的风旗。
在清亮中活下去，在倦怠中
活下去，像一句说完即止的话般活下去
像光，凭着被目睹的可能
以灰烬的假象而活下去。
她黧黑的指腹，饱汲暗意
将带着雾潮的年月间
逐渐消褪的善，而活下去。

油烟机

像饭菜饕餮而空后房里飘剩的那些油烟
我们把数年后多余的手指和汤汁都横陈在
任何对流都静止的地面
不必遮挡徒手推也无妨的一扇暗窗
开向夏蔓时敞时蔽的退路里。爱着这没人留意海鸟的房间
上一刻，几乎在宇宙淋漓春雨的前瞬
她不用力就缴走我兜里使劲按擦才燃起的打火机

什么都不必要，年轻的纸鸟你生命的过程
是他们皮鞋底隐燃的烟草，比公共沙滩还粗糙
我想我迷恋有灵魂带价悬挂的海滨大街橱窗上
偶尔发光的脏东西，奇异如某碗一沾染就会死的盐。
这是以百叶窗调节身体的平常黄昏，犹如经不起推敲的决定论
你记得海面总是礁石，总有人坐着成为它们每天延伸一点的影子
你是某种遗存物的自由落体所以痛起来也没关系
眼镜片光斑里蚂蚁每一寸爬行都在更改天堂更改你
我听说每天日落后仍噬吃光线的才是情爱、麻木和孤独

家庭厨房

妈妈做饭时很少受伤
她尊重手指和刀锋的关系
这是事物之间，难以改变的距离。
厨房门外，父亲光着膀子练字
端坐如一首大开大合的旧诗
偶尔应声走进来，爽快地把小葱碎成段。
几分钟前，妹妹趴在客厅同我回忆，照料一条婴儿球蟒的
那个下午，迷离又纯白，如二十出头、
染着红发时听的奇怪音乐。
我想起别的什么人，心跳渐渐透明
难以藏好自己，即使
事到如今，她的隐没和云的移动已没有不同。
初冬，我学着从思考的笨重里往后退
睡进周遭静物中，和缓地呼吸
发觉这世界仍有熨帖的那部分：
年轻时，少有人提及
轻轻切开梨子和小土豆
是同一种声音。

大慈寺卖花老太

套着肥大的黄鸭绒玩偶服，倚靠好贴满广告的板车
暮年安顺，她眉眼中耷拉着低低的善意

买一束花吧，她说。那是塑料桶里怯生着的无名野花
像十六岁时远离人群的女孩，衣裙粗简、素洁

春熙路地铁口，不同年龄的伴侣，杂乱中穿越彼此
是那争吵的、愚钝的、怅恨的、所亲爱的，

年少时，眷念而不得的。
它们或许会像嬉闹后忽又折返的人，惊扰你昏沉的晚年

又似某天恍然想起，把自己推到漆黑楼道尽头
不停吸烟的某个男人，有人喊他父亲。

你喜欢这儿的城市吗？它愿意用格子间和信用卡、
按揭贷款、加班奋斗和形势大好的征婚沙龙，

为你假扮出无垠天空：多么笔直的未来道路。
而挎着Prada包的年轻女孩们路过这里

与偏远故乡捉迷藏，疲倦，莹亮，像
盛大节目散场后弯折的一次性荧光棒

陌生的卖花老太，轻飘短促的停留后，推起车
踱入晚春的哀。寺门边，谁能绘出彼岸风景

如果我们两手空空，向她走来。

伯兹桥、青年写作者，1997年生于长江三峡边。毕业于武汉大学中文系、英国伦敦大学学院，出版有《库洛希亚玫瑰》（四川文艺出版社，2014）。现居成都。四川省作家协会会员，兼事当代文化批评，现于清华大学读博士。乐于去保护矩形世界里的圆。

曹僧的诗
• 7首

县　道

去野外，去被万物注目
而又无证据的地方。
阴沉而明净，古旧又新马路。
青草透露土生木的五行黄，
该如何称呼江浦？
来自海的开阔的漫延，
来自迤连如滚鳝的潮的网罟。
树，仰望抬高人和道路，
神的高大家具的一种，
摆脱经验之林的术。
榆钱千万铍，绿色葬礼
只有用骨听的人才允邀入。
分不清岸是咸，或淡。
骑车去袁花镇，去花的沿途，
受难于未预料的未来之爱。

后花园

浑身掉叶子的人不再颤抖。
每片叶子上都有一台歌剧，
歌剧上有极光。

回归到气中去，
棍棒无法抽打的气。

打草稿的是兰，
结成团伙的是闲鱼。

菱草彻底瘫软在水分子间，
还有迎春花，
甚至广玉兰的躯干。

茭白，一种病瘤在感染。
蟒嵌于假山。

像乌鸫飞翔那样
移步换景？不，
因景致的难度。

我所见的已被无数次见过。
唯有我是新鲜的，
是蜜语的，童话的，
是鬼门关的。

写给缪斯的景观

还乡还到愿里，
暮色颠簸经验的零部件。
高大的橡树将开口收紧。

碎石子路抹过丘陵，
如同牧人牧我上缓坡。
一片惊喜的、清绿的发现。

长新叶的油茶树林
包围着小楼。但低于它，
低于词语的高度。

什么被暗示着，
又是什么被蛊惑着？
徘徊狗不吠叫不甩尾。

如同牧人牧我到空地。
观看起伏像呼吸，
黄色花朵是残留的香渍。

捉摸不定黑暗的边界。
描述多一片方圆，
更多的树就被更改。

赛车游戏里的女孩

那天在沙漠嘉年华,
我开着福特要去比赛。
所有人都在尖叫,
好像疯了,
她也不例外。

在护栏外,
她站在角落里,
时而看看眼前的地面,
时而跳起来欢呼。

车子熄火了,
所以我停下来,
多看了她一会儿。

她有点美,
看不清眼睛,
有点让人难以捉摸。
我按了按喇叭,
她没有听见。

我收手趴在方向盘上,
索性不动了。
她在看什么呢?
我猜了很久。

切换不同的视角
来看她。
她的头顶没有名字,
和从前碰到过的
所有陌生人一样。

都是安排好了的:
出现在我面前,
然后等待被遗失,
在宽广的系统里。

我加大油门,
开车撞向护栏。
就在她眼前的护栏
溅起好看的火花。

但,没有丝毫的损坏。
我一遍接一遍地撞,
希望这些重复的动作
能引起她的注意。

忆登华山

山上再山,风且昧
撩心的幻景。

东峰人在翘首,
原形山在碧露的夜。

只余起伏,只余暗影,
下沉取消了岩石。

悬崖因历史而拥挤,
因拥挤而值一攀。

万般等的焦心,尽
失足于不可见的标记。

停泊的是胜静,
视界中的蓝色时间。

谁会带来日新的布告?
凉人躲入单薄的语衣。

绿洲饭店

珍视的尽皆已毁。
微烟弥漫空中,
如诉,如轻压脏器。

如此它客气。
雀鸟扇动活光,
推送翕张的高窗。

而冷红色的墙皮,
疏解于暗地,
柔软于渐渐的夜。

带来具足的沙粒,
带来远景,归来的
骆驼前奏共和。

蹄步混淆靴步,
呼之欲出的力,
趁机敲打一片方圆。

舞会开始了。
节奏联播房客,
房客在偶然中立意,

加入那觉是的词蹈。
在朽坏的地板,
在繁花的地毯。

米　林

你寻找的慰藉取决于你缺氧的临界
你临街的抒情败给你没看过的猪的散步
抬头撞山,尴尬于撞衫
冰雪的峰尖,突兀的对白
凉是凉些,但携有薄荷般的口爽
人往鸟有处走,将小县城抛下像小镇
小振枝桠惊动空山,你说的鸟
众所周知不大于你所没看见的鸟
亮不出名片的树比其他更新鲜
所以反复出现,披挂苔藓
直到老人须上缘烂柯发觉上当受骗
走了这么远,原不过走回了江南?
你崩溃的闪念重拾你散布的阴云
你氤氲的嘴脸倒映你生气勃勃的小溪
活泼泼的,是何来的逝者剥夺你围观
它的工地,它向雅鲁藏布的开辟

曹僧,本名曹珊,1993年生于江西樟树,先后就学于复旦大学哲学学院、中文系,现为文学博士候选人。曾获三月三诗歌奖·年度新人奖(2019)、香港青年文学奖(2016)、未名诗歌奖(2013)、光华诗歌奖(2013)等奖项,曾参加"2019年清华大学青年作家工作坊"。出版有诗集《群山鲸游》(2017)。

陈十八的诗
· 10首

跳银河的人

海风寂静
坐在岛屿深处
平底锅慢慢煎着宇宙的平衡
毫无疑问,我将成为一个跳银河的人

玩具熊

带回家一只熊
一只眼睛被毛绒盖住
穿女式T恤
大部分时间坐在沙发上
拿它枕过一次头
还没说过话
和一只玩具熊说话
还不如打电话给没结婚的女性朋友
想给它起个名字
睡觉的时候抱在怀里
这些举动
不能让生活更美好
美好生活里要有一盆花
早晨
阳光把影子打在墙上
一只蚂蚁顺着叶子的边缘努力攀爬
墙上多了一个凸起的黑点
观察到这里
就是完蛋的开始

你应该去借点钱
离开这里或者想个办法去死
我在网上搜到俄罗斯人如何猎熊
要先洗澡
再把外套放在装满树叶的麻袋里过夜
第二天走进森林
把长矛插进熊的心脏
一切都结束了
风雪就要越过长长的国境线

浪　间

现在我每天看树
树叶在风中摆动
几棵树连在一起
绿浪翻滚
露出一小块天空
冒险的人
从这棵跃到那棵
冒险的人在浪间出没

公　元

妈妈离开第八年
以此为纪念
现在是公元八年。

爱情神话

晚上去看了爱情神话
是第二遍
知道哪里该笑
哪里眼睛红红
眼睛红红就是临近尾声了
看完回家
洗了袜子
现在躺在床上
有些天气就是这样
要下雨
就是没下

鸭嘴兽

现在坐在矮矮的椅子上听雨
左耳的雨比
右耳清晰
夜色涂不均匀
想起鸭嘴兽
很难和哺乳类
交流

情人节

我坐过几次船
在近海
天气不大好
船舱外面
灰蒙蒙一片
翻来覆去
船在波涛间去往下一个岛
一个巨人深一脚
浅一脚地
跟在后面
他背着手把一束花藏在
身后
像别的害羞的巨人
我想起岸上的厕所
恶臭无比
几个诗人排队解手
在岛上
看到很多鸟类的粪便
白色的羽毛
黑色的爪子
喙
深感一种美学的折磨
挑了一块干净的石头坐上去
眺望海面
那里漂浮着巨大的玫瑰叶
他已经翻过了这座岛
消失在海平面上

攀　登

吃完晚饭
在屋檐下看雨
在屋檐下
雨水汇集成水柱
我们逆流而上
爬上屋顶
稍作休息
一些人站起来
握住更细的雨丝
继续往上
在半空
一些人因为体力不支
掉下来

熨　斗

我经常在夜里洗衣服，洗完挂在
夜里。夜风呼呼地吹，
如果是春天就吹皱
一池春水。
我有一个粗鲁的想法：
即，月光熨不平的，
熨斗可以。

游　动

一条鱼在空气里游动
看上去比在水里
令人感动
如果游到铁块里
又是另一番景象，那是密不透风的
游动
细微得像一个细胞
娶了另一个细胞
我已身在酒宴
你也可以说，神的灵
行于水面。

陈十八，本名陈诚，1991年生，浙江台州人。现居台州临海。

陈文君的诗
· 7首

樱桃的刺

一根刺长在樱桃的果皮里,
鲜红的伤口缓慢地向果核移动,
疼痛,切中了心脏的要害。
深吸一口气,
暂时关闭看见伤口的窗户。

这根刺,愿意自己跑出来辩白吗?
然而它喜欢沉默与寂寞,
蛰伏在深沉的岩石下面低声呜咽。

刮一阵大风,吹眯我们的眼睛,
树叶在窗外盘旋,
它代替你我的心意,
飞向理想之地。

我们躲在宽大的植物下,
回放曾经存在的危险,曾经历的
放肆的欢乐。从一棵大树转移到
另一棵大树之下,从一片荫蔽
寻求另一片荫蔽。

阳光与白云飘荡于树丛之上,
它们散发的香味与你我有关。
身体的病痛同时存在于我们身上。

欢乐仿佛永存,在永恒的追寻中,
它不会再消失。痛苦仿佛离去,
而它似乎会再来,至少会再来一次。

睡前故事
——给小城堡

前方是轻柔的睡眠,它离我们
不远了。细腻的黝黑,
如同夜晚笼罩的沙滩。

乘坐语言列车到达它之前,
我给你讲故事,树上的难题
仿佛永无止境。

故事里,小孩找到风筝,
忘了卡在树上的其他事物。
你替他惦记着树上的消防员、
灯塔和鲸鱼。

故事结尾,你补充了一句:
妈妈,宝宝爱你呀。
这是我们之间的小秘密,
我们一同进入故事又原路返回。

现在我们深深地确信,
无论怎样,
我们都爱对方。
确信且永远。

归　家

池塘边探险,踩满地枯叶,
遇见铲车,你仔细研究其结构。
闻见满林松香,
杉树叶筑就的沙丘略带苦味。

"妈妈，帮我取剑！"
从拱桥上下来，
帮你从芦苇荡里取剑，
取最蓬松、姿态最美的一枝。

围绕池塘比剑一圈，
没有胜负，
惊到塘里的野鸭一只。
它扎三个猛子到水里，
钻出来已是远处。
池内夕阳被水波切碎，
人生的破碎此刻仅仅存在于远方。
你们牵我走进另一番天地。

"妈妈，我们是永远的好朋友。"
我有时甚至分不清，
是我诞下了你，
还是你重新诞下了我。

囚　禁

从拥挤的商业里归来，
变形的世界如同鼻尖的黑头，
一粒紧挨着一粒，
丑陋挨着美好。

当你浑身颤抖着躺下，
手脑保持白天的节律，
重复的训练筑起
灵魂里钢筋混凝土结构的沟壑，
它正在干涸。

如果你遨游自如，
有如阴雨天水上的白鹭，
拥有几乎完美的飞翔的姿态。
纯白的羽毛包装纯熟的捕鱼的姿势，
好比橱窗里被人观看的智能机器。

在一尺见方的空间里,
展开一场漫长的自我囚禁。
有人称之修行,
有人称之生存,
最终没有人能够到达胜利的终点。

漫　游

我们跑向草地的核心,
盛夏的终点站。

泥泞的泥土蔓延到鹅卵石上,
树林围墙在山的四周逡巡,
把我们包围在里面。

城内幽深而曲折,
我们一次次沿途出游。
欢乐在盛夏的海洋上空飞旋,
我们拥有深邃的蓝宝石,
还有流动的风浪。

你们如此美丽动人,
一个挨着一个,
如同成熟的蜜桃与刚诞生的果实。
我站在对面,
再一次被洗刷干净。

草　坪

存在草地上的草垛的倒影
是草垛思考的哲学

安静的、悄悄的
我们坐在草地上仿佛没有存在
它的阴影轻得像目光剥开某种神秘

黑暗每日经过这里而它此时消失

只把动物奔跑的脚印留在此地
把孩子的欢笑和中年的平静留在此地

陪伴草地唯一的树
在秋季里变成金黄的悬崖
它的峭壁里悬挂一张张失忆的面庞

我们因此赢得了一个遗迹
在那里任人凭吊

寂　静

在我们的海岸，
天黑得很早，
傍晚不断地释放更多黑。
它的心脏早已破碎，
一些疑问抛出去很久没有回音，
寂静地咀嚼时光。

在雪里走啊走，
我们也没有离答案近一些。
离开的人不发一言，
永不回头，
留下亘古的荒原。

今生的偷渡者，
逃向未来。
如果爱的人走了，
漫天的星星，清冷的枯枝，
雪花，麦田，温驯的绵羊，
进入了梦境博物馆，
那里光线幽暗，星光划过，偶尔下雪。

陈文君，1990年生于江苏响水。硕士毕业于南京大学，现居南京。做过编辑、记者，现从事在线学习平台有关工作。

陈翔的诗
· 5首

拿洋娃娃的少女

木椅盛放着她的美,似乎
美,也是一种静物。
在暗红色的梦中,她坐下,
直起身,身体像一把伞,
渐次打开;椅背支撑她
柔软的伞骨。根根手指
环绕易碎的洋娃娃,像一束词
环绕少女的心。她把它
抱在胸前,如一桩心事。

倚坐在寂静中,她颀长的上身
缓解了画布;种种色彩落下,
有的在开花,有的在老去。
这里倾斜着一条静止的河流。
从额头到脖颈,容纳光,
仿佛器皿容纳水。少女
侧耳倾听,自身暗涌的战栗;
她圣洁的脸上,有月亮和雪
在无法触及的天空闪烁。

此时,观者似乎变成了画家,
用意念描摹一个不存在的模特;
当目光在画框里移动,画笔般
勾勒出这困境中的少女。她
鸽子般的眼眸,永恒地落往别处,
谁都无法获取她的金发和红晕。

即使镜头再慢,呼吸再轻,
我们也只能占有她美的一半,
那另一半,交给这首诗来完成。

在动物园观赏鸟

十,二十,三十只
这么多鸟,同时拥挤
在玻璃房内一棵假树上

二月的阳光
从铁丝网眼里渗入
血一样黏稠、单薄

我们站在玻璃外
看鸟在假树枝上静立
在被绞住的天空下飞来飞去

在凹陷的内部
山水从四壁包围着它们
像猎犬包围着猎物

当绿衣饲养员打开门
走到这些生命的后面,把
黑色玉米插进灰树枝

如此重复了三次
她肢体的摆动,熟练优美
像做着一套无声广播体操

从一棵树到另一棵,鸟啄食着
这些不可能长在树上的果实
仅仅出于活下去的习惯

它们吃,它们睡,它们飞
日复一日,从一个位置抵达
另一个,精确地度过了一生

隔着玻璃,世界被分成
两块相似的房间
鸟寄居在我们的对面

（自由是危险的。尤其
当我们的食物来自别人
这时，对天空的追逐意味着死）

鸟，看着我们
站在大厅中央，我们
的内部在凹陷……

生命的热情原来毫无必要
我们同样从一根树枝
跃向另一根

和父亲整理我的藏书

奥德赛伊利亚特本雅明博尔赫斯……
父亲坐在这些名字上，不知该怎么办。
书太多了，出租屋的天空已被压弯。
他抽烟；鼻孔喷射出一团团云朵。

室内像一顶高压锅，扣压住我们。
这里的空气，和悲哀的童年没有分别。
那时，我们也这样坐着：静静地，
父亲在云端；我在门外。

松弛在书堆和书堆里的父亲，被我读着：
他的腰痛，额头的犁沟，黑色的痣，
粗大的手，还有指甲缝里的泥。
我读着他，像读着一块田野。

童年的家是一具烟盒，父亲躺着，
抽着自己，抽着我们的命。二十三年了，
我好像从未认清这个男人的面孔。
（二十三岁时，父亲已有了我。）

你拍拍我的肩。于是，我站起身，
像神话的阿特拉斯搬运天空。把那些
方形的内脏，掸去灰，输入一个个
纸箱。如同把死亡，输入一副副棺椁。

你读着我。我在地板上摊开身体，
像一册幼稚园的大字本。你读着
我的房间、鼻炎、微微弯曲的脖颈。
你说：应该/不应该；我说：是/不是。

父亲，多么遗憾。多年来，
你是盲的，从来看不见那伟大的教诲。
生活是你骄傲的大学（自由是我的）。
我来了，看见了，听见了，却还不能信。

父亲，沉默吧……
尽管我是你的回声。
两代人的沉默，多么美好。
什么都不说，什么都明白。

在国家图书馆

我回到上一次离开的位置
像乐手回到他中止的乐章

在倾斜的光焰里
我的书躺在桌上
仿佛一只敛起翅膀的鸟

这些羽毛般绵密的长短句
被我的手掌翻动着
阳光赋予它们金色的重量

没有风。我的视线
行走在这片深秋麦田里
如一把镰刀辨认它的命运

在午后阳光下
世界是新的是盲的
事物毫无目的地美丽

一种明亮的喜悦震动了我
仅仅因为活着，没有死去

醒　来

下午阳光照进房间
金黄色的光线充盈空气
我躺在一张床上做梦
身在一个金黄色的拥抱里

这一刻世界如此静
像玻璃窗有了隔音效果
把一切喧嚣都阻隔在外面
把这片小天地变成一块飞地

我不知道静还能持续多久
我企图伸手，握紧这时刻
它像一只徐徐振翅的蜜蜂
在巨大吊灯下平静地飞

我想要把它装进玻璃瓶里
为它设下一个光明的陷阱
但在午后光线的急速退潮中
蜂鸣一点点变暗直至消失

邻人的闲言，孩子的哭闹
短促单调的汽车鸣笛，渐次响起
那声音并非来自外面
而是伸手不见五指的内心

陈翔、1994年生，江西南城人，毕业于武汉大学新闻系。曾获樱花诗歌奖（2015）、光华诗歌奖（2016）、草堂年度青年诗人奖（2019）。

陈钰鹏的诗

• 1首

途　中

1
扒一列闷罐车，自原野
东南而下，在漫长雨季的
末尾，闭紧双眼，
飞身入海。或者装作
和水鸟相识，在寒潮袭来的
午夜，随稀疏的战阵
上下疾飞。用一千种云升的方式
告别旧爱，用一千种远岱的晦明
穿越时间丛林。迷失于某个
骤停的刹那，
伸手便是喜悦，拥抱
便是死亡。

2
那只手套上绣有杰克的
名字，应当把它交给
他生前驾驶的
那条船。船代表了：
途经的热带鱼、每一缕风、女人们
……还有沉没之后
南太平洋迟来的
大雪。

3
前去观灯的路上，唢呐匠
往湖中心，掷了块

青瓦石。它惊起
一些白鹭，然后迅速地、迅速地
不见了。之后，唢呐匠
将纸花佩戴成水草，随着
明亮的人潮，看那些
并不真实的景象，它们瘦削、拙劣
甚至比不上
村里老王头的手艺。唯一确信的
只有一件事：在夜的中心，
淹没的过程里，
风吹动了光。

4
老列车员打着瞌睡，正经过
他一生中的第七万个
隧道。走廊尽头，孩子在哭、男人抽烟、
水龙头滴着水。不一会儿，
这些人都停了下来，尤其是
那个刚回到车厢前排座位
抱着玩具熊的孩子
——妈妈说的藏在列车员休息室里的海怪
始终没出来。火车开着，
票根正变老，
此刻黑暗中都是些寂静的人。

5
一尊佛在你的头顶，一尊佛
或一尊度母，从书橱上方
观察你隆起又逐渐扁平的
腹部。一尊佛看透你所有的
伤心事，关于冬天，留在雪丘间的
足印、连绵、低矮。一尊佛进入你
无限重叠的梦境，不可言说的童年
淤积在那里，在那匹褐色的
野马上，你无法停下。一尊佛
要来度你，你说：那么多年，
我皈依睡眠。

6
声乐家打算
唱最后一首歌，时间定在
阴影堆满那个房间的

墙壁以前。此次演出,他已去往
里斯本、拉巴特、都灵……
在剧院前排,他故事的
大部分已经上演。而此刻,他的航班正
无限接近那个国家,那个城市,那个最近的
机场。一个穿花袜子的女孩
在他身边睡熟,声乐家想象着
一场隔在他和那房间之间的
雨。他漫长的歌唱
只是为了忘却,
他知道那里已没有人在等他。

7
写光线、音响、色泽、湿度,
或者写云朵、树木、飞鸟、建筑,
甚至写今天走在路上遇到的
拾荒女、丑青年、老艺人、残疾者。
或者在一首诗中
留白,以至于简省到
什么也不写。继续在这世上
颠沛、酗酒、高歌、沉默,
我知道
在我不写的
那首诗里有人相爱,
有人分开。

陈钰鹏,1996年生,蜀人,写诗。中央民族大学汉语言文学专业本科毕业,国防大学军事文化学院(原解放军艺术学院)戏剧文学硕士。曾获北京大学未名诗歌奖(2017)、复旦大学光华诗歌奖(2019)、《青春》新锐诗人奖(2019)、包商杯全国高校征文二等奖(2017)、武汉大学樱花诗歌奖优秀奖(2016)等奖项。作品发表于《诗建设》《椰城》《诗林》《青春》等杂志,入选《2017年诗歌选萃》(北岳文艺出版社)、《2017年中国诗歌精选》(长江文艺出版社)等选集。

程川的诗
· 8首

春　雨

真好！夜色具体，黑暗漫漶
还有一盏灯，悬在窗户旁，面朝淋不熄的寂静
沉默着一株海棠的敌意

渡

日子渐渐淡了，需要解释的地方越来越少
很多时候只是安静地坐着
枯木一样，不值得思考的东西越来越多，除了年轮
我体内已不再有多余的眩晕

越西记

接过档案袋里的佛教，顺着柏木的指向，体味沉溺
这已被失物招领的丝绸时代
像那盏稀薄的黄昏之灯
掰开身体里的渡口，古道露出破绽
一截留白依次凿刻：铁塔、村落和墓园
神坐落其中，被雾锁着的
是信仰真身
而相机里，我们的合影是否也会认领置身其间的生活
将巉崖的气势种植在骨头里
最后，凝成雾霭的诱饵

返程途中,我用一根柳枝剥开越西的细节
并以此确认,平静内部
到底隐匿着多少百折不挠的信仰

暮色过柯寨

菜地里,几根木棍支撑起倾斜的光线
黄昏慢慢漏下来
滴在那本合拢的书封面上
故事有些斑驳,她写到母亲的失踪,就像这样一个傍晚
星星还没有升起来
大地像是一张撕裂的布帛

那条通往县城的公路随之模糊起来
浮在瓦砾上的余晖
抽空了她细碎的等待
在等身后镂空的回音吗?带着滚烫的哭腔
沙哑,焦急……
像风按住扬起的尘埃,平静
微微荡漾

多少个傍晚,只敢蘸着月光读这一页
凉凉的,"自此,再未相逢过
而这么多座热闹的城市,她究竟流落何方?"
没人给出答案
抬头时,黑,棱角分明
青山守着沉默的轮廓,她有起伏的美
也有暗淡下去的忧伤

秦岭早春记

快门声里,一只抵拢光圈的蜜蜂
诠释过低头济世的一瞬
像此刻,河是以往的事,专注于褶皱的金箔中
捶击内心的溶洞
再薄一点,拖沓的芽苞将飞戴在指节上
用来与春风交涉,用来酿酒,醉成某花姿势
文在水面,顾影自怜

继续凝望的事物无非在野之徒
无非万物给斜阳支起脚手架,饮者将春光种进杯底
无非一种美镂空另一种美
给留白让渡锋芒和棱角;无非草草急就的辞章
在纸上咳出风声,让犹疑的脚步
空旷处阴影了片刻

而擎举相机的我
如一支满弦之箭,在更深的迅疾里
藏满苍穹对我的忍让

题青铜纵目像

首先从蜀的纵目里掰开城的轮廓
城的青铜面具,则被岷山深处的磐石码在男人额头
筑成固若金汤的远古

而那双捕捉苍穹的眼神久久凝视,嘶鸣的星空
咆哮的大地、怒吼的激流
三千年,直至成为一把洞穿历史的钥匙
锁住博物馆的瞳孔
隔着玻璃展板,驻足于此的游人是否通过三千年的瞭望
窥见黑夜中一柄霜刃的锋芒?

难以测度,淬火的瞬间
古蜀先民是否在雾霭中用铜的目光锻打思想的辽阔
驻足于此
我们的眼睛不曾表达宇宙的看法
只为向橱窗里的事物
展示一颗卑微的敬畏之心

宝箴塞记

1
宣统三年、条石、糯浆和橡梁垒砌的古代初见端倪
次年春、木匠取自民国手艺
替兽面锡环漆金。百年后
射击孔的取景框、空巢的弹孔……一种丧失紧绷的秩序感
以便导游提灯,从旧制度的堞垛里
倒影古代的轮廓

2
碉楼外残留匪祸折痕。风霜洗过,苔藓洗过
现在轮到诗人,沿用弹孔的叙述
挖掘历史的配方
譬如围绕天井、甬道、库房、戏楼,交付一些热带情节
再譬如,置身其间却一无所获
就像梦境,怀疑一些事情才能推翻一些事物
据此,我用封闭、森严作饵
却并未有饱胀感使那些虚词浮出水面

在宝箧塞,一首诗的在场证明,除了掩体
脸上还应挂有贵族的悲切

3
黑暗的痣、废弃的避难所……家族事宜提拔为历史
现在,它是博物馆、时间提词器
一杆火铳反对过的部分
屹立在回忆真空地带。而我们的到场
究竟是为百年建筑致敬,还是朝体内的空旷默哀?
聚光灯追认的时代,橱窗里
排列着它英年的怅惘

三岔湖诗章

> 斯湖之大观也,始为防洪排涝,振兴五业,
> 集百万军民凿洞引流筑坝为湖。
> ——《三岔湖记》

1
易于蓄水明志,在船舷刻舟求剑
二〇二二年,暮春,诗人十四五六,对于歧途和隐喻
比低矮的事物有着更为萧瑟的弧度
把动词源源不断地注入名词
便得到形容词、摹声词和叹词
词根电站里,沸腾的涡旋复制着湖的站台和码头
而美学范畴,则是旷野发明白鹭
魔术仿造彩虹,左边的鸟鸣
隔着右边,替我隔空捎来一副湖水的耳郭

2
锄头和箩筐拆解的低谷,像我的航行光景
配合某种焦灼,悬垂湖畔
七十年代的撼天动地,现如今
陶渊明式孤岛,养水及物,将生锈地带让渡于湖底
浪花开垦的战场留存后人
而尽头处,你曾窥见过的时间犁痕
在遗忘的飞地收复一些朝代旧址
意指成都生活断章?
更迭中,我即兴的指尖触摸到凉意的鹭鸣
是什么在雕琢雨后深渊

3
送出波浪,迎回湖岸,"起风时
她曾完整地表述自己,并明晰疆域的精髓要义"
更为确切的是,在自我抚慰中
逐渐使空有了置身于空的滂沱和澎湃
或许更深的病灶源于焦渴
砌井之人将水一点点上引
借以肯定内心的动荡
作为佐证,她用无用的自我淘洗着虚幻的自我
片面性天空受雇于两棵垂柳的倒影
一行湖水压低了身体里的裂纹

4
淹没低洼才能抬升坦途,这样的说辞
包含孤岛、星辰和合法的谎言
有如某种致幻剂,她含苞待放的美,被风镌刻湖面
锯齿状的鱼鳞则是铁匠铺锻打的文身
浪涛崎岖,水割让于诗
漩涡与虫洞,两种殊途同归的诵读方式
穿过篾子,她的手扶住我的声音
一并带回暮晚的消息:江上的孤寂已无须指路
又何必让落日虚掷余晖

程川,1993年出生于陕西汉中,现居成都。文字散见于《诗刊》《花城》《青年文学》《人民文学》等。曾获首届陕西青年文学奖、2015《星星》年度大学生诗人奖、第二届《草堂》年度青年诗人奖。

独孤长沙的诗
- 11首

夏日来信

别来有恙。想起河边煮雨的那个下午
水杉未渡、榴花已熄，灰蝉格外谦虚

往事如乱云翻滚。有人远走长安，有人搬回南宋
这一生，需要太多太多的别离，用来变更身份

山岳远隔昨日。你看那楼有多高，愁就有多重
朱门，贵妇，金毛犬。俱欢颜啊！我的子美兄

茫茫。多少个夏日，已如流水般划走
而我必须骑上第一匹落叶，抵达深秋

洛夫旧居前怀想

众多金黄的银杏即将落下
落下，并准确覆盖在脚底交错的河流
这应该是每个游子最着迷的宿命

此刻的耒河，秋水悬如明镜，落日清凉
心中的芦苇、豹子、美人相继倒地
沿岸无名的野花如灯火明灭

一切还如你生前的模样，因为风
那些自身垮掉的，我们无力扶起
而重塑呢？必定又是新的痛失

世间多少坚固，归于落寞
此处——距石室约607公里
距左营约876公里，距雪楼约9868公里

与父书

当你低头，越来越像一座被掏空的矿山
安静而又内敛。旷日持久的开采
并未给予我们真正的欢喜
为了迎接坍塌，你曾脱去过豹纹、颚骨
甚至心中闪亮动人的鳞片

这微妙的边界，从未变得如此模糊与脆弱
我们常常对坐良久，却又无话可说
而柔软的利爪，稍有碰触
便如电击般，猛然弹射回各自的疆域

还有什么比每个清晨疲倦的对镜剃须更为可耻
我们终究只是一代又一代孤独的掩体
多年后，我才知道
——父亲正不动声色地一寸寸埋入我的体内

菩萨崖

以金铜以玉石为菩萨不如以肉身为菩萨
以宝殿以飞檐为庙宇不如以洞穴为庙宇
以猛虎以凋零为崖不如以虚空以戒律为崖
是故，要红，就干脆红到心痛、红成丹霞
又是一个春日将尽。山上野花无名，白得寂静

岳麓书院

多年后，麓山脚下已无厚雪可跪
我们的膝盖，被折合成五十元一张的门票

两万平米的宋朝，藏有令人眷恋的山水
中轴，对称。众鸟会讲，且一声声递进

我的耳朵。黄金屋?颜如玉?你可曾见过
谁的电饭煲内煮熟过一部四书五经

风荷年年溃败。我被生活的炉火烧制十年
仍不能为"于斯为盛"添上半砖一瓦

小镇青年

蛙鸣如盛大的晚会
执意歌颂着河边新涌出来的广厦

孤独星球,日子的绳索
在小城镇狭隘的审美中完成另一个死结

我一直在往一个虚无的邮箱写信
收信人:杜甫。收信地址:不详。

我想告诉他,泥水匠的儿子
并没有如愿拥有一套新房来举行他的婚礼

我们将以何种面目老去

我们将以何种面目老去
白内障,肩周炎,地中海发型
棋子奔到滚滚的楚河便急忙刹住
多么危险的鱼尾纹啊
幸好当时的胸中满是竹子,再无辕马
赶紧披上一件苔衣,继续向前
向更深的秋天或者更白的冬天
散步。路从来都是愈走愈冷,且愈冷愈窄的
山间的松柏逐渐被一些老人占领
夕阳仍在头顶死撑着,然后孤云晚出
一辆永久牌自行车便永久地停在了九九年的路口
而我们,我们还要磨破多少面镜子
晚安,株洲……

无　题

谁也不许擅自离去。榴花，锦鲤，以及一群偷偷过河的水杉
二十二岁，她决定嫁给这个黄昏

嫁给一些小桥，嫁给一些流水，再嫁给一些凌乱……
无限好阿！这奋不顾身的美

当晚钟跃出，湖面破碎，一朵水莲
便猛然握紧了手指。世界，就全在你的掌中

无论来与不来，留一座青山予我吧
好让每一次日落，都有家可归

无　题

还有哪一位故人啊！愿挟伞而来。锦鲤送一程
灰蝉送一程。及至半山，落红再送一程

莫非心中的长亭与短亭，一场暮雨早已准备妥当
谁？是那最先沉不住气的孩子。如果溪水因此而暴涨

无论顺流还是逆流，都要接受泥沙俱下时划破鳞片的痛苦。
如果此刻下山连歧途也难觅了。黄昏的脚印，将芒鞋追得好紧

辟如异乡，许多美丽的姑娘，都令我无法原谅
犹记那天，你捧着一束熊熊的野花，在深红的绝望中

青山有幸

登高而望，骤然膨胀的
是我翠绿的慈悲之心
行路将慢于时间的流速
地质变动的伤口，遂成为一种美学
遂得以观赏。南岳七十二峰
起伏如一张心电图
七十二处危险，七十二处疼痛
而我们早已深陷其中

不知病老为何物
不知雄鸡以何种发声去敲打山谷

原始的耳朵
需要卵石去敲打阵阵流水
一次次重圆，又一次次破碎
艰难的自我修复啊
道一声无情！再道一声珍重！
一路狂奔而去的
竟已是昨日你钓起的江雪
我的额头正提炼出一场暴雨
潦草的一生，从未如此富足
旧云埋我，新雾也埋我

与子书

努力翻滚吧！这不断解锁的新技能，确实令人
欣喜。抬头，侧身，凝视，或者清脆的裂帛

都如隐喻般困惑着。空白的喉舌……
为何一代人的诉求总要先于另一代的语言

当你惯于从啼哭中获得什么，我便痛失过什么
只是已再无一副娇嫩的脸蛋用来安置我的泪水

三十年，生活的底色早将我包浆成十足的赝品
而我仍在等你怯弱地跑来，叫我一声：父亲！

独孤长沙，原名刘阳，1991年生于湖南衡阳，系湖南省作协会员。作品散见《星星》《诗建设》《诗收获》《西部》《诗江南》等。曾与友人创办90后诗社——进退诗社。参加过2018年《中国诗歌》举办的新发现诗歌营活动。

非非的诗
• 9首

看 瓜

开垦自己的内心
荒凉如昨夜的一个词

在瓜棚,捧出土地
看种下的种子结出宽沃的粮食
捧出盐
倾听季节在苗上爆裂的声音

睡在棚底下,嗅到一丝丝
不可捉摸的温润,来自土地
细腻地,跨过时空
仿佛与这夜晚融为一体

披衣起来,体已渐凉
明月孤悬,星星眨着眼相伴于虚空

蝴蝶的无言

我们一生的语言,或许
等"恒河沙数"
但蝴蝶从茧蛹跃起
一辈子,只有一次——

我们等得太久了,我们的爱
过于艰难

向对方交出的,在他者体内打转
我们振翅欲飞而窗外藤蔓青青

或许是,像此刻的杯中物一样
琥珀在倾倒……
我们流连、残喘、立起
看水滴在跃下的一瞬凝结成固体

七　古

古姓:也许我们无数次在地下挖掘泉眼
古塘:淤泥是浮云的天赋
古树:群木参天,奇迹的手在涂抹
古祠:我们每一次到这里拜谒,皆以人心为祠
古庙:山腰间一方小小的庙宇
古宅:废墟或我?
古墓:一粒种子里包裹了闪电

水　杉

一个修穆的卫兵
一拢朝向天际的塔尖
一抹来自冥王星的绿色
一段火中取栗的神谕
一截内部练习倒立的成长史

水杉立着,在众多的杂木中
陡然壁立
灌木丛、鸟鸣、车流声交汇
在虚空中激荡
在水的流动中,波澜而起伏——

鸽子的眼睛湛蓝过天际
它能洞悉一切:水杉
和云相比,有着流动的骨头
它挺立,不争辩、不屈服、静默
在广沃的大地触碰汲取养分

他有少年追逐落日的幻想
抬起头来仰望，脚下踩着
祷告般的落叶，暗黄而灿烂
岁月浮沉。水杉：哪儿都有你
但哪里是个人的乌有之乡？

文　竹

我耗费了整整一个下午
观看窗前的文竹
却一无所得。我拿起又放下了
五倍的放大镜，却一无所得

是的，也许桌上的那盆文竹
对我来说还远称不上虚无

只有虚无才配得上世间
最惊心动魄的景像

下午的光线透过来
有什么能够描绘
枝叶的影像？
有什么能够描绘自己的影像？

我的面前摆着一方砚台
破碎杯中老茶无味
我在藤椅上独坐
胸中堵着什么块垒

是的，也许我还要继续撕裂
我还要继续放弃
这世上所有的植物多么茂密
当我们恍惚的时候便如潮水般涌来

百丈漈

摔得粉身碎骨
泉水从千仞高的悬崖坠下
早已预知了这样的一个结局：

至柔者被打散后将会在人的心中
激荡成白色的细花——

而巨岩则天真地微妙于
云雾的朗诵比鸟儿的喉咙更精巧
如果在细瀑中轻易地穿过
而拥有一条弯曲的线索
众人的命运会不会就此留下
又窄又长的史诗

但这到底是需要亮出
温泉关的剑鞘才能有如此的勇气
它居然需要摔裂三次——
横、折、立体的
像上帝的陀螺在抽打
鞭子的每一下挥舞
都是火中取栗般的失而复得

古来溪

从溪水中,抽出一根肋骨
在透明中,看见自己的分身

大地像张开了无数的爪子
淤泥的匕首,杜甫手上的书帛

没有往者,古来溪微微蜷曲
没有来者,溪水溅起纯白泡沫

在清冽的溪水中,浮尘振动
岸上的雷声响彻几代人的耳蜗

花木斋笔记

1
"栽花种树,心境无我。"①
在花木斋,沉浸于植蜡梅一
碧竹二、窃虫吟无数。

微风、明月、鸟啼指认为
亲密的伙伴,
我的往昔:渐江、陶潜和弘忍。

2
明月高悬,流水澄澈
斋内僻静一角,自然的画家
挥舞纤毫,泼墨即就……

稀薄的空气在"在"
与"不在"之间旋转——
我,徜徉在一粒沙子的屏息里。

①选自《菜根谭》。

牯牛降观雪

先是一粒雪,然后是无数粒
它们落下来,在自身的泥泞中

漫天的孤独啊,有彻骨的心事
六角形旋转,如同匕的锋利

雪落下来:坍塌了无数的
草木和屋顶
北斗星的头颅,汉人的跖骨……

有时,会落在另一些雪之上
在自己的内部
一粒雪挂着,悬而未决——

有香气的沉重。在牯牛降
我在大雪中恍惚,产生了中年的幻听

非非,原名方江泽,1996年出生于浙江淳安。浙江省作协会员,作品见《诗刊》《扬子江诗刊》《诗歌月刊》《诗林》《江南诗》《光明日报》等报刊。曾参加第二届长三角青年诗会。

风卜的诗
· 9 首

邓村闲话

绿荫鸣晴。
曦光中，那农夫担着粪桶，一步一晃……

急忆起那雨中人，何处？
唯江渚在雾中浮沉，人亦浮沉，

花随流水。
窗牖上杂雀日日叫得欢：

说，"美是一种有意义的形式"（Clive Bell）
说，逸乐也是一种审美观，无用！

我偏偏常忆起卞之琳，
灰色的天——快乐！灰色的海——世界！

中秋前一日，外婆来

带来小菱角，从蔡庄塘。清日悠悠，
消息——苦夏！
她去做一份拾穗人，百十斤，来挣一年口粮。
闻此惊心，童年——呼愁！
阳光猛烈，土屋倾圮，
是每一张脸在分崩离析，接受命定的困境。
又夜，雷声大作，宇宙寂静，
次日晨，小院外池水暴涨，

霜白、已渐入晚秋。远人了？
唯有柿子透红无人摘。

老　太①

他吃茶，抽旱烟，
顺势将一片孤云也吸入肺腑。

农闲，或倚门读些残卷，
似田亩隐忍。

土垒的简易灶台
生起火来，饭粒像一个个末世的狂欢者。

孩童围绕着嬉笑，扔粪疙瘩在锅里，
只见他用筷子挑出，也不怒，继续着一天的生活。

　　①老太，或皖南地区叫法，意即外公的父亲或母亲，在这里单指外公的父亲。

游纵棹园
——给遥远

我们游园，惊扰古人的清梦……

听：两小儿嬉戏，竹林深幽，
你我皆在观水，臧否朝堂。

小径曲微，游人三两，盆景诡谲似人面，
那边城的翠翠在何处？
但知恬淡的生活在水里，在昏暗的犬吠中……

再听：那摇橹悠悠，两老儿醉卧，
唯有几只逃脱的寒鸭嘎嘎……

一　生
——给 W.Y.

你轻轻地便说出了我的一生……

那个漫长的星期日的下午，
结核般油腻，幻灯片一样闪过……

我们多么青春！
可怖的美时刻在诞生着，

在沈巷电影院，拥吻——像哨兵
在树林里躲闪；

像冬日里刺眼的白鱼。

我们阅读，彼此曝晒，
并在金色的阳光里浪费了一生……

雨　间

我看到一整个秋天的失败，
杏叶金黄，没有什么再次使你热爱。
而如何向历史发问并确认自身的生活？
在一种更为深远的关联中。
他不得不去饮酒，闲游山水，
在雨的黑暗中穿过熙南里的巷子。
在雨和雨的间隙里，它并不是抵达，
而是一株模糊的瓦松，
从湿漉漉的屋檐跌落。
他追求的美，时刻在伤害着赢弱的
躯体，为了刹那的上升与下坠，
雨曾是雨中的一把雷霆。

清明祭拜帖①

在每一个雨的暗夜里归来，
作为他们在尘世中最孤独的精神的一部分，
极少，但饱含核心的闪耀，
这结实的存在，使我不再悲痛于死别。
他们在我身上延续的春日，
灿烂、撩人，如此深沉的悲悯来自桃花
跌落的缓慢的过程，
它对称着幼时对于死亡的震颤的想象，
但我害怕这样的时刻的来临，
害怕如此轻易地站在生死的两端，
却不掌管某种法则，来抵抗生息的消逝。
我仅仅是一个孤零零的符号，
在寒塘里游弋，
看到的人说那是一只野鸭，
没看到的人会对着这旷渺的空阔哭出声来。

①清明日，随父亲往安息堂祭拜爷爷（张吕胜）、奶奶（刘启芳）。

诞　生

它飞过松针上的城墙，
它终于认清漫长岁月中的距离；

它不曾困惑吗？
他站在长干河边是如此哀伤。

他神色决然、凝重，
月色如促织在草丛里鸣叫；

它訇然中开，
院落里刺槐如蜜、杂草滑入

童年艰辛的生活，
他像一枚硬币布满锈迹的露水。

他终于归来并且宽容,
在流水面前不露怯色;

他是他自己的再次诞生者,
他接纳每一个欢欣的时刻。

立夏日,晨雾

想要经历一切事物,
在白茫茫的雾霭之后观察一副面孔的消失,
没有人走进来,也没有人出去,
只空荡荡地呈现在小山丘的周围,
保持着最适宜的形式和坎坷。
他从语言里来到这个清晨,
在最低度的幻想中望向词语的巴别塔。
此时,春日从各扇窗牖中渐步退去,
从一池碧水中孕育的耐心已足够应对每一次侵袭,
他可以对光影的魔术不作惊喜了,
在书桌上消磨一个下午,
然后等待黑夜降临,白手点亮一盏灯。

风卜,本名张俊,1990年8月生于安徽芜湖沈巷,毕业于南京理工大学。著有诗集《表达的云:风卜诗选》。现居南京。

付炜的诗
· 6首

无物之阵

> 在岁月的推移中洒落下种种才赋。
> ——奥登

昏睡。在午后的寂宴里
捕捉梦中消失的影像,只消一眼
便看见浮光潋滟,一个梯子
严峻地在你身旁,联结起
你脚踝边的细碎花草,和头脑里的
暴政,当回忆的钟击醒你
石楠树又颓然郁积着绿,你被缚在
暮春的一场密约里,满袖
飞短流长。恣意的群叶
正眨动着,从窗外涌流进你的眼睛

还有春风短暂遗落的温度
附丽于郊外的湖,直到此刻再次
变得陈旧,直到你
开始向着鹭鸟飞离的弧线张望
没有什么事物,也没有谁
在转暗的纸页上留下体内的星辰
你,凝视着鸽灰色的时间
看它如何焚掉自身的厄运,如何
在尘秽中教会你隐身于虚构

那些无名的声音,来去倏忽
令你在写作中逐渐将自己削薄
或瓦解。当彩云碧落,照拂你的
也照拂过你所憎之人

忆旧游

对我们来说,有些疑窦古老而常新
譬如那密林后隐藏着什么东西
那纷攘的行云将要往何处去
暮春深静,极目远望,黄昏下的小城镇
像宇宙的最微小的碎片
充满恩典和神秘,我们竟霎时
有一种不可抵达的忧伤

我们在春光中柔化、渐隐
同时沉默,又同时听到彼此的回声
天空像一片湖,在你眼里闪耀
那令人屏息的晦暗的植物
有种挽歌般的深情,我读着你
读着你走过的歧路与山巅
如同一眼就望穿了灵魂的答案

我钟爱的依旧是美丽的事物
幽暗的火、飘浮的羽毛、旧书躺在
空旷的石头上,为我们一页页
讲述着时间,那时我们有些
可爱的贪婪,所有的事物都离我们
那么近又那么遥远,我们爱着
存在着,像群树的暗影不知疲倦

不可能性

我不说的,帘幔和尘埃不说
房间不说,苹果园不说
整个秋天的事物都不会说
我们那被消解的爱意和生活
像焰火,被永恒的一瞬所消耗

可,醉倒在雾中码头的是谁
夜色中剥下皮肤鲜鳞的是谁
在枯烂的褐色草地上发芽的又是谁
不可能有答案,抑或是
那个人的存在就是答案本身

傍晚,桂花的香气游憩于虚空
沉睡的野猫在公园长椅上

等待迟来的广场舞噪声
细小的寒意沁入枝梢的天光
你忽地想起某句名言

"不要有太多的热忱"①
我们的一生，环伺众多的不可能
以至于寄身歧路，从顽石的形骸中
凝结一片云翳，从云翳中想象
乌有的谜底、兀自如飞鸟投林

隐遁长夜之渊薮，你将成为
多少芬芳的典故，如你第一次
抚摸海水波纹，试图获取那些悠久的疲乏
没有人知道，你在不可能的游戏中
曾钟情过一匹徒劳而美丽的白驹

而今尼采很安静地望着你发笑
记忆如空址、如一个奥义
从诗歌中升起，那些从未言说的事物
注定会跟你一起沉默，一起成为
万丈星光，或仅仅是炉膛里的几撮灰

①出自以赛亚·柏林。

沉默之篱
—— 致一位长江边的友人

关于格罗斯曼①，我们曾有未完的交谈
抱歉，对于一部杰作我总是身怀内疚
以至于多年来，只敢在深夜打开呼吸
的阀门，羞怯地写几句诗，为陈旧时日
标注自己轻率浅薄的注释，蓉城的雨
此时必定在我的窗前，展开它内部的
黑暗，我喜欢的盛唐诗，从典籍中坠落
我就是那个耽于计算诗句下降弧度的人

你在午后发来微信："我在长江边上的
一座教堂前，教堂旁是拆迁后的废墟。"
几张图片，让我结识了一座陌生城市
它那么安静、虚幻，如寻常的历史画面
消解着我们不安的当下感——

散步时传来的木樨香气,水洼倒映的
少女裙裾,我听见你默诵这样的句子
"少壮真当努力,年一过往,何可攀援。"②

是啊,我们的同代人竟已经开始坍塌
我们要如何避免成为那必然的一部分
尽管无数的话语垂涎着我们,我知道
你终会对狭窄又可怖的生存反戈一击

①格罗斯曼,苏联作家,著有长篇小说《生活与命运》。
②引自建安二十三年曹丕所作的《与吴质书》。

夜晚的航行

词语,锃亮如冰,在此刻
倾斜旋即消失,它的阴影曾抚慰我
在一种生活里,安放蒙尘的书页
和突然凝固的蒜香,雪落之后
寒枝上尽是时间的闪失,那空白的
乐章,是否启迪了门德尔松
在新鲜的陌生中辨认自己
像辨认转暗的灯光,和光以外的
甜美战栗,一月,有些言说还隐身于
夜雾尽头,有些眼睛如花穗
重返荒芜而漫长的攀谈,那些
不可穷尽的密语,完美如弦,如一个譬喻
告诉我们记忆的澄明

哦,夜晚的航行似乎有必然的失落
"卧小楼上如在舟中"
不可及如视线之鱼,沉思如托尔斯泰
在令我们疲惫的秩序里,疾退而去的风
垂落的旧电线,通宵营业的便利店
以及无数个夜晚中的一个
习惯妄语然后沉默,在黑与灰的故事里
找寻惊诧,或许湿叶的气息
曾降临在卧室窗外,携带可喜的暗示
预备磨砺我们未来的读者
他正解开深褐衬衣的纽扣,在中途
停下手指,他见到墙上飞逝的蝴蝶
和房间里不存在之物所发出的叹息

凤凰山春行①

> 胜事空自知。
> ——王维

在我以外，还存在着哪些细节
暗绿的林间路，无可名状的回声
我在此地品味躲开世界的鬼祟②
像遗漏很久的凝望，又被重新
用一种秘密的方式，放置在
至高的风景里，这该是怎样的
一个时辰啊，疲倦的异乡人
渐次在道路上消失……

然而我，正是在消失中磨砺了知觉
每当有静默的脸颊朝向我
我便能读出隐遁其中的寓言
但如今我不再开口，春风中
需要解释的越来越少
我们已经学会在春天隐瞒
群山的命运，和斧刃上的盐

我想起少年时写下的许多诗篇
和在傍晚的幽暗中轻唤我名字的人
多么陌生，或者——
多么美好，词语找到我，鸟群飞过
我决定把古老的事物
再爱上一遍，那结局将会是怎样
我会比长满青苔的石头
更加幸运吗

① 凤凰山，位于成都北郊的小山丘。
② 出自科尔姆·托宾小说《大师》。

付炜，1999年9月生于河南省信阳市。十二岁开始写诗，参加过第十二届星星诗歌夏令营（2019）、第九届《中国诗歌》新发现诗歌营（2019）。曾获第六届东荡子诗歌奖·高校奖（2020）、第七届全球华文青年文学奖散文奖（香港中文大学·2020）、第十一届光华诗歌奖（复旦大学·2021）等。

更杳的诗
· 4首

幻岛歌

你想象海岛，想象多枝的血统如何在这里结痂
游民的历史，像一阵游过头皮的痒……
那里未经斟酌的阳光，搅拌着香料般
辛馥的异邦语言，海鸟似一张张罗网疾飞而过
捕捉大气中变换的磁极。海岛星罗棋布，
在沙石与渔网之间，一簇簇葳蕤的情欲
撞在视野上。你赤脚走过嶙峋的石丘，
所到之处，光与阴组成的脊背变得锐利……
一道骨白色的遗迹，就仿若一声凝重的叹息。
绕过山崖，乌云跌跌撞撞排遣着心事：
一阵迷蒙的雨水，冻伤发疼的石榴花。
在见到海岛之前，你已经想象出海岛的晚上
那群不可说的星星在怀中一阵颤抖……
那里没有年岁的边境线，灯塔的探照刺破岁末
模糊的伤感。黄昏空降时，风，犹如蛮横的拥抱
用长舌检视岛屿中的每一个角落。你接着走，
踏过炭迹与崩解的木船，脚腕缠上前世的浪花，
像火堆在虚空的尽头，仍迸出萤火似的渴望。

小镇做题家

是什么使做题家的心熄灭在水下？

报刊亭读物透出灯火，
灯火中转出瑰丽。
来自都市的油彩，融化进双眼。

要来了，你的奇幻人生……
再快一些，做题的笔！
奋力疾画的日子
年轻得像一幕情景剧。

一如麻将桌上春风刮向母亲，
你把胜利圈定在考桌。
一张张雪白的卷子啊，送往妙手的品控。
不歇的题册铺地成毯，别停下
到十二年的末尾迎接绶带。

领过绶带的人，被期待支出家乡。
后来呢，新生活到了哪一帧使期待跌停？
是家庭？满地果壳堆积如山的闹剧。
是爱？一块冰凉的枕头……
是缺失的一课，越变越宽
是折弯的世界，持续向两极堕去。

而今，你站在更正式的会场上，
更正式的春风，舔向人们的衣香鬓影。
更正式的挑选中，童年缺光的畏缩①
把你推向角落。"文化不是你的朋友。"②
口红管旋不出华尔兹，吐罢难堪故事
还差一行数据，冰镇犹疑。

那曾被油墨寄生
又滚过好多惊雷的地方，
像一片谢顶的草地。
就在此，安置人生任务的巨石？
被打回的原形正变得热辣，
你说，还需要一次较为全面的失败，
把你阻隔在更多失败之外。

　　①安妮特·拉鲁在《不平等的童年》中提到的工人阶级家庭养育的孩子长大后会体现出sense of constraint，一种"局促感"："面对大社会缺乏对话的自信。"
　　②大卫·格雷伯在伦敦一家酒吧名为"CULTURE IS NOT YOUR FRIEND"的演讲，其中提及他一直是班里最好的学生，可不论多努力，总因为各种原因拿不到资助。中产的学生虽然成绩不一定有那么好，也不怎么需要，但是最后总拿到各种各样的资助。他认为，是他的工人阶级文化背景使得他不了解也没有习得中产阶级的协商技巧和交往规则。

妹　妹
　　—— 致林奕含

　　总是这样，当晦雨刮进耳朵，
　　死讯的冰雹如鸟儿涌来
　　瞬间就带来了傍晚。

　　风波在门口挤作一团，
　　又挤进发疼的每一寸。
　　一次次被碰乱的惊惶
　　详尽地堆砌着我。

　　三滴眼泪连成气候，
　　一颗心吞吐着苦水，
　　面向远道而来的乌青，
　　我，伸出两只手交代。

　　我明灭、残喘，
　　将熄未熄。
　　香坛上，她会取下我燃尽的一生？
　　她会爱我，并愈爱愈紧？

　　她会拾起我的日记，
　　混剪我的朝不保夕吗？
　　会披着我的遗嘱，
　　贴身负我，绕开每一场行刺？
　　当我的脸开始变脆，仅剩下性别……

　　妹妹，你会记住我吗？
　　如果有人收紧你的喉咙，
　　而生活又是你大口呼吸着的意外。

　　如果没有任何办法，
　　我也为你洒尽动情的照拂。

　　余光中，我仿佛见你
　　深一脚浅一脚地哭过……
　　你还年轻，可疼痛已翻出你的身体。
　　礼堂的尖顶，落满雪的升学主义。

绿　洲

> 我能纵深穿越地理的分界线，
> 却被卡在了过去与未来碰撞的时间断层之间。
> 　　——胡伟《风下之乡》

> 绿！绿！绿！
> 那绵延数百公里的，唯一的绿
> 　　——更杳于2022年3月23日往粤西途中

1
绿洲在晨梦中生成。
穿越交织的雾蓝，
气压的抖动烧至车窗外，
你务必睁开眼，
观看风景起势，
涂抹横无际涯的行板。
它们无法抑制地涌出
在记忆边缘，制造
逃出密林的鸟。
忐忑行进的声音中
哪一帧，划痛了你？
太稠密又太紧贴，
陆地经速度液化
游过你那排稳固的肺腑
在越来越明亮的
天穹的催动下，
幻腾为一种香气。
云也在绿洲的嗓子里，
润出较为轻柔的那个音。

2
走得远一些，在错误中
有序收起梦的底片，
随着一点点散去的身份
散开额前的蒲公英。
某一个时刻，你突然学会
游泳，想着，奋力一蹬
远离垃圾遍布的海岸。
这不可饶恕的，
令我们发臭着的快乐。
那群垃圾在艳丽中发灰，

像一种日益中性的毒素，
用无赖的喑哑抵御一切多汁的湿润的
且易受伤的批判。
除了大口大口吞咽，
没有办法减少它。
如果背叛陆地
像背叛岬角潦草的线条，
那应该也很容易
在暴风雨中，涤净我的脸。

3
即便消失，梦里仍复出
草地中的铁腥味。
雨天含着那冰凉的绞索；
含着雨天的眼眶，它在找我。
下潜，下潜，在地层中捞寻
曾经名为"未来"的残片。
为什么不能与漆黑的咒语结伴？
还是务必等尸骨在陆葬中拾得从容。
不能擦去的磷火，睫毛似闪动。
我梦见海洋起火，
离岸者的悲歌从天边传来——
玫红色、如火如荼滚撞的海平面。
"嘘……空！"[①]出水者复堕水。
你回望两端，只身悬于语言的波涛，
一种残酷在冷当中诞生。
渐远了吗？巨大的墓群与短小的国度。
长驱而逝的绿洲，破裂
一刹那脱离花柄。

①此为拟声词。

更杳，1992年冬月生于安徽铜陵，现居广州。曾获第四届南方进步诗人奖，作品见于《上海文学》《飞地》《诗歌月刊》《青年文学》《山口诗刊》等。著有诗集《创业河》，待出版诗集《金色飞贼》。

海女的诗
· 4首

写　作

一脚踏空
我站到柳枝头。

在所有风景里，最安静的
就是最朴素的。
鹅黄座椅背套、摄影师叼在嘴角
纹丝不动的烟头。

穿过石头拱门
来自法国的整齐景观
正喷涌着水
需要我

关照过魏晋风度
也同情过才子狂人胃底的
致幻药物
伴随着听说八卦时
苹果肌暧昧的震颤。

在街上认出一个
头也不回的熟人
这个普通而重复的时刻：
手掌正被掌纹吞噬
父母仍在奋力
吮吸子女

漫长雨季、车轮像一把武士刀

反复剖开地面
取出一堆黏稠而缠绕的风。

明天，剖腹的手势必须正确
血水不能流到邻居的门槛

必须珍视塔吊师傅和水管工
抽烟的陋习
如同珍视你母亲提琴哀吟般的歇斯底里

世界逐渐朝我张开
像一颗珍珠般闪耀。

而我单脚站立
支撑我的是一粒豌豆。

这条长链
串起我。

每一个环节
都需要修山工人般的隐忍。

国庆探马雁
—— 与茶胡子、遥远之地给马雁扫墓

树很低，云站得很远
这一天谈不上严肃或轻浮。
天空很低。死人的耳语在今天
被活人的长叹淹没，像蚂蚁
被蚂蚁踩踏——最多像是
两股浑浊不堪的江水。风起时
我手心握着一根烟
我喜欢那样握着，如同婴儿的小拳头
握住母亲。松垮而用尽全力。
你墓碑上没有族谱刻字，风刮得再大
也不能带走黑红相间的漆。碑前
没有多余的残败植物
让来者过分感伤。
没有下垂的柳树，没有阴风厉厉
太阳高高远远的模样十分盛大，
正像我为你特地穿错的花裙。

风已经足够缓慢,
我不感伤。但这里也不适合人
伸展四肢,面对苍穹。万里无云,
而我们
丝毫不以为自己渺小。
我想在你的墓前种满鲜花,养一匹马
远离流言,只留下温柔的动物植物。
风停时,墓前三枝白菊花上
冷却的烟灰一跳一跳。
我逐渐理解你为什么那样喜欢
笑着,在冰凉的纸上涂满痛苦。
对生的崇敬
让我们轻薄了生活。

赏景偶得

—— 独步东湖之畔有感

他们叹着东湖好美
在叹息中踩过脚下更丰美的草
他们脱了鞋踏进去
哦母体的温暖。
哦,母体的冷酷无情。
捡垃圾的老头也慢慢抬眼
慢慢看着东湖。
途经此地的车辆看,
不动声色的钓鱼客看,
春来江水绿如蓝
阳光下的所有目光都集中起来
水面鸳鸯和天上鸟的午后
环肥燕瘦的午后。这样的午后
从未发生
罢了。就当游人不知道
冬天和阴天,水是黑的
不知道,风中弥漫的腥味
令人不愿转世投胎
不知道在这样执拗的午后
那迎面走来的人
都有些像故人

长江边,打水漂的人
——给叶飙、陈玉伦、何骋、莱明、张存己、马小贵、七勺、张朝贝,在某届樱花诗歌节

之一

再次见到。当时炒饭刚刚出锅。
这两年的空白里
你们研磨诗歌,嗅探它苦涩的香气。
等候有人将你
投向河面。

那间空气浑浊的小屋子
细碎的交谈削刮着耳朵。
墙角的民国鬼魂
重新找到母语。

固态酒精在热铁皮下作响
死后,它蓝紫色的肉体如此寂静。

他谈到六〇后诗人的多重身份
谈到去日与来日。
此刻货轮驶过长江二桥
巨大的发动机击水面
此刻茶杯碰上嘴唇。

江面上,星子被搅碎。

之二

两年前袁恬领我途经枫园
同行者告诉我
这条路的枫叶永不变红。

我们好客的方式
就是引导你们在山壁上
溺死的梧桐叶间轻轻走过
解开东湖的衣衫,
水,腥甜。
湖风时刻提醒你我所有的失败。

批发的玫瑰花瓣
从擦肩的集装箱货车飘落。
红日顺着搬运工上身倾斜的方向沉没。

倘若有人要写
应当多写无用的词语。
譬如在山水间谈论
空无

海女，1993年生于上海，在武汉大学读本科时开始写诗，曾获第31届樱花诗赛特等奖。现为上海某心理咨询机构创始人、心理咨询师与表达性艺术治疗工作者。诗歌曾发表于《诗刊》《诗建设》等刊物。

何骋的诗
· 7首

合　欢

我们并不常说起植物。我们都很清楚，那些绿色
的虚伪，绿色本身就意味着谎言。
你说："我讨厌夏天。"是的，这季节茂盛得过分，
而我们的爱，应该是纯粹的。

甚至连清晨的鸟叫也显得多余，我排斥
任何形式的荫蔽。长秸秆、碎泥地，以及冒着青烟的
灶台，当我在异乡的冷空气中裸露手臂，
我幻想的不过是一些最真实的生活。

而命运在你身旁种下了无限种可能。无限种
假象，在黑暗中等待着重生。满怀期待而
无处可逃，你唯有啜饮这甜蜜的希望之泉。
这茂盛的爱：永恒的夏天。

谁能够否认呢，我们这个年代的果实，
就像谜语一样诱人。但我手中的白银还很闪亮，
我什么也不缺，而且年轻。我还没有
开花的打算。

峨眉山

从山顶上下来的时候，天已经放晴。我手里紧紧
攥着两个廉价的菩萨。一个朱红，另一个则显得
稍稍黯淡。细长的红绳相互交缠，就像是春天里
那些欢爱的罗网。迎面，我看见一位不谙世事的

少女,她甚至比东风里的香火还要沉默。小林神
从潮土里挖出了自己的名字,她欢快地跳起舞来
而我记忆里的一片阴影,正酣畅地饮着露水。夜
从她的眼波中浮现。那时,我们有洁白的炭压着

黑色的雪。我们的欲望正大光明且纯洁,污秽的
仅仅是那些婴孩的双眼。千万种变幻。观景台上
日出,是多么美啊。我努力拥抱云海中的你,但
这一切的一切,却像是在垂死前的幻想。仿佛我

我毕生都在幻想一束遥远的光。悬崖上的鸟暗了
它嘴里衔着的,少得可怜的三根柔韧的爱,熄灭
我已再不能点燃。我明白,这世上总有一些雪我
无法触及。即使雾气散尽,我也不该指望能彻底

把她看清。在忧郁的词语之下,那苦涩的暗泉里
沉睡着荔枝树的芬芳。可就是在这样无助的时刻
一个如此可怕的念头在我脑海里萌生:从明天起
我要照顾她。她的山穷水尽,她的柳暗花明,我

都想照顾。然而,我究竟该怎样和一座山相处?
万能的生活,从来没有给过答案。从报国寺去往
雷洞坪的路上,她越来越近,天却变得越来越冷
竹杖热吻着掌心里的惆怅,而她的秘密

是阁楼上蒙霜的窗
——除了冰凉,还是冰凉。

夜航船

也许人生中并没有那么多变幻。
使我感到苦的,永远是苦;
它们一刻也没有变甜。
茫茫的海,不断重复的日子……
意中人的唇,终究还是涩的味道。

今晨的美梦,犹冒着热气。
仿佛我是远游归来,哗哗的水龙头
讲述异国情事。而闹钟是边陲刺史
朝我怒斥,闪亮的早晨
岂能就这样扔进编织袋里?

哦，碧海清波，碧海清波。
在荡漾以前，愿我能洗干净头发。
友人将赴另一场宴席，
奇妙旅程，已在另一条船上等他。
彼岸何其辽远呀，不如俯身

为影子捡几首舷歌。怎会落寞？
我和我虚度欢畅的时辰。

鹿的早晨

捕梦者将徒劳于闪亮的遮蔽，
因为雪才是我们真正的敌人。
当无尽的原野展开一座虚幻的国度，
我们跳跃，记忆之群山延绵似永不停歇。

昨日尚在追逐今日的凌晨五点。
你惊醒，手机微凉的鱼肚白滑向九月。
窗帘在暗处拂动。这沉默的树冠，
曾以肺叶清凉了整个夏天。

看清世界，何须借助鹿的双眼？
我们逃亡，只因露水中消散的舞象之年。
撞开那片坚硬的雾墙，是牙膏，
是泡沫丰富的洁面液。

哦，每一次晨起都坠入一个新的洞穴。
你折断枯枝，向北风请教回旋。
古老的取火秘术可会让镜中温暖一些？
我为你连夜赶制新雪。

秋末冬初，光华财经书城独坐
—— 为一位远道而来的朋友送别

太古糖籍贯广州，美式咖啡坐守门口。
寂静是一处景点，票价十二元。
关掉手机，摇醒背包里昏睡的俊友，
免不了飞来低语连连；创业大道
铺满枯黄的埋怨。昨夜我醉归，

撞见野兽舔伤口,密云中垂泪的下弦月。
而红的商人,绿的商人,已悄悄
从现实向梦境包围……吾友啊!
此处是群峰,是高冈,风光何其绝美!
别惆怅,你为我定制的悬崖我很喜欢。
总体而言坠落它是甜的。
把糖包纸质的外衣撕开,(忽略她
因幸福而发出的痛苦的羞惭)
倾倒——镶金边的瓷碗必是阔少,
热气盈盈,注视这臂膀洁白。
方桌上簌新的雪意使人倍感温暖,
正起身,瀑布便移影于窗景将我遥看。
是呀,还会有更多更远的山峦,
在每个醉酒的夜晚找到我,又速朽
化为记忆中蒙霜的景观。但那已不是你
那已不是我,只是一勺苦涩的过往。

新雨诗

新雨初下,而我走上旧途。
艰难的日子似乎已经过去,生活
看起来光洁,如水汽缭绕的草坪。
梧桐恢复了往日的绿,小鹿
涌现在街道,练习她们渴慕的颤音。
"远道而来的挫败感,你好,
愿我们夏日的手风琴能为你拂去一些倦意。"
穿过那些人群,我很清楚:
红叶李仍然密谋着深渊与球形闪电,
唯有自行车永久,忠于每一位伤心的骑士。

去肮脏的镜中忏悔,受洗
三分钟的光辉。去江西、去湖北,
去宿命的圆上远游、去前程似锦,
再万念俱灰。我紧攥钥匙,疑惑
它能打开哪一扇乌云?那天上午,
母亲俯身摘下一株野草,嘱咐我
回去后不要分心。雨珠从公交车窗上滚落,
我无法想到,多年后它将成为一道惊雷
在无数个清醒的夜里滑动。像一块顽石,
又像一个玲珑的结局。

峡谷诗

从一座峡谷出来,无非是进入另一座峡谷。
河道多埋伏,红灯前的马路也暗藏杀机。
看看这些俊友,这些良宵中跳跃的天使,
相比于你的褴褛,他们宛若身披流萤。
当然,人和人总会有差距。水晶点亮的瞬间,
利维坦飞出深海;火焰划破天际。
而走过那扇铁门,就像走过你狭隘的心。
碌碌无为毕竟可耻,叹喟时念及双亲。
管他新诗旧诗,最要紧是务实美梦,
麝香里滴一点迷迭经济。曲线让你头晕,
终值飘忽不定。土地测量员在城堡下挖出
一句谶语,东北烧烤来自临川,
梅干菜扣肉饼涂抹黔黑的乡音。
而比你更小的你,正冒着细雨骑上自行车,
把温热的青春从小吃街送往别处去。
和平网吧已经倒闭,挂在街角的苹果旅馆
柳浪湾所有的水也洗不干净。人生呐,
人生当如巧乐兹。感到苦时就去东方超市,
用三块钱买一段甜蜜。至于四年前
垂着红布的那间游戏厅呢,它是一条暗河,
一个隐喻。你路过它,并不打算进去。
花圃旁一个十六七岁的少女在低声哭泣,
你经过她时感到和她一样的难过,
却不知道,她哭的是你。

何骋,1995年生,江西临川人。2017年毕业于西南财经大学,同年夏天,与成都诸友策划"蓝谷地诗丛",辑有诗册《晚市》。曾获第四届光华诗歌奖(2014)、第四届南方进步诗人奖(2017)、第十一届未名诗歌奖(2019)等。现求学于天津某高校。

黑夜的诗
· 6首

鸭中智者

陷进浮漂的眼神中有一只发现
池面上唯水黾滑曳而出的丝微柔纹
及由它传导的点点光斑。水下
阴影静寂，但也可能在急遽运动
像置于黑暗里一颗完全不安的灵魂。
一个不那么容易理解的世界。

太阳炙烤大地。他索性撂下钓竿，
从闷热和失落浇铸的模具移身至河边。

两只水鸭在河滩上空来回逡巡。
之一渐渐淡出视线。落在水上的这只
奋争逆流一段而后顺流而下
反反复复。啊，鸭中的西西弗斯
它困惑了吗？还是在训诫他
一切失败因缺乏对自然的耐心观看。

阅　读

几小时围绕阅读以及……直到
谈兴阑珊。我们躺下，闭眼。
脑中回旋着雾化的话题
——一块原本纹路清晰的玻璃。

从屋后传来窸窸窣窣的声音
鸟摩挲彼此的温度，

以免陌生。这声音太小听来有些渺茫
阅读的热情类似,也是一点儿火苗,

但阅读永远不可能结束。
我们睡着后试图自梦中阅读现实
那玻璃已经布满裂纹
很可能不再愈合。

此刻什么正阅读我们
这样安睡在大地之上时?
像风翻动树叶、光亮,又把它们吹远
留下一个个淡影。

夜行家

山坡上三个光源朝山顶缓缓移动
像一根光绳上三个闪亮
等距的绳结

熟稔积雪山路语言的典范!

不时停下挥动手电筒
切割着黑暗,旋即又汇成一束

向上的力。不由得向他们致以敬意
为谨慎、坚韧、生命的跋涉
不可多得的默契。

想象他们如何交流
 (呼吸粗重,脚底打滑)
才一路巧妙地避开深渊。

直到黑暗静默。山的脉搏恢复正常。
大地保留了三分自由。

在医院

外面冷气森严,没有落雪
两小时我专注于光一点点渗进地面。
而后我病床上的母亲醒来,朝大家

微笑，眼窝深陷，一对干涸泉眼。
我想语言在终极上也是这么一个状态
坚韧，没欲没求，是时候到了。
食罢面条她仍说口苦，腹痛
但并非因之前那庸医诊断的那样
尽管症状类似于她去往天堂的妹妹。
我暗自笑了，想到住院前
她打电话给亲朋显得为时尚早。

冷　月

冬晨。凛冽。斜天上
残月似羽。我认得这种寂静。

一小朵哈气蒙蔽眼睛。
几分钟里弯月变得更薄，更小。

天空无限。理论上人类思考
也像这样没有边际。

是什么东西困住我们？
时光马跑得这么快，

这么快。太阳即将照临朝向它
一切生死扭结的核心

并催其绽开。
这驱使我们必须凝视黑暗。

冷　水

四月以降，我没急着完成这首诗
只缘每每遥望康格达山阴的雪
几乎一整年它都无多变化，递来
宗教般的启示：要耐得住。
但就像雪面下腐烂的雪水般
这美丽意象流经我身体每一寸。
今早我侍弄手中盆栽，触摸着
一朵花便展开了。那束光
探进我记忆昏睡的窗格。

天蒙蒙亮，我俩推着架子车
厢内并立着头晚圆月下
你用麻绳捆紧的两只水桶。
我们冲出一条空气中的长廊
曲折向前。那股清冽往自身回缩
与我们持续的斗争中。
老旧架子车咕嗞咕嗞作响
夜雨初歇的路面印上细长辙迹
仿佛两道加固的寂静。
经过一排紧闭柴门，我们首先
到达泉眼。水蓄满了池穴
拿短把瓢就能够到水，
我们像收割者小心地舀满水桶。
那会儿男人们大多外出淘金
泉眼则成为妇幼的黄金。
返回路上你牢握车把，弓腰曲腿
我从后面推搡着。走走停停
我竟一下子比那少年大了二十几岁。
我的母亲，你更老了。

黑夜，本名马贵龙。1990年生于青海省民和县。现于民和一所学校教书。读诗、写诗。

胡了了
082

霁晨
085

葭苇
089

姜巫
094

蒋静米
098

君晓
101

康雪
106

康宇辰
111

莱明 115	兰童 120
李海鹏 125	李琬 129
李尤台 134	李昀璐 139
马贵 144	马骥文 149

胡了了的诗
· 1首

吴梅村

1
人不会进入绝境,只有长成绝境的人
正如死者是一个虚数,如寂夜的繁星
每颗都有碗口大的陨痕,盲的独特
比浩瀚更悲伤,生者是凉薄的露水
随风蒸发凝结,却粒粒皆辛苦
在一漏斗的水田间扭转、颠倒

我经常从耕牛的眼中看见仁慈
像宇宙对诸夏的凝视
生者的时间是死者的发明物
他们是这水田方外的宇宙牛眼
体悟我们心口的血和伤痛
理解甚于我们而往上撒盐

有时我立在私塾边上听
义理的互训和八股作法
隔衣的发辫如芒在背
去抓日晷仪的穿心之规
和翰林院外的手感无二致
只是细小得能全在掌握

我是太仓一粟
生于太仓终于一粟
自生灭的抒情
噎不死京城哪怕一个新贵

也要梗在扬州嘉定的喉道
为使人血不逆流

2

乡贤自断手脚如洪武年初
青年来豆棚服故事的偏方
历史不能自明,复社三千幽人
回走在受诛与名裂的荒野
老师早因毒酒暴卒于旅舍
迫害他的也已得绳正法

郑大木反攻的讯息
只能让少儿吃糖般甜笑
像清早门前诀别去山的朋友
在来信怀想大道之行的欢畅
一切的修补是把完整的败局
缀成个人偏好的纪念碎屑

当然越缀越小,缀到手中
那黑暗深邃的针眼里
在那里我们既是孔子
也是崇祯,什么也没有
只有"是":唯一的"有"
在那里我们吞咽剃下的头发,就永不排泄

所以我们像是连续在退一步
其实我们是一动也不动——
等候必须侮辱我们的人来看
存在的不充分如何至少成死亡
死亡的不充分如何至少成残疾
残疾的不充分如何至少成墓碑

3

四十二岁以后
我的诗就是我的墓碑
它光秃秃、小而厚
沉在我奉嗣母之丧
辞祭酒官归家的腊月
庭院霜冻的烂泥

三年仕清令我不人不鬼
悲痛之余竟有大快慰!
夜游以头抢庭树
跌撞哭笑如演戏
从此我常于无人时自残
以人血漫溢空心的虚无

诗也磨成忏悔的法器
我日夜磨它,磨我的墓碑
磨我的死,它们如义理般
磨得互训,磨去所有的字
历史被磨进碑石里
表面只余我的名字

只有被砸中和绊倒的
才能得到真实的哀伤
那二十岁在梨园观赏的哀伤
除它以外竟别无存在
无用啊如日常生活谢幕的酬唱
死者的宇宙盛满了敞开的甘心

胡了了,1997年生,湖南茶陵人,在宁夏银川长大,现居浙江金华。写诗十年,诗作曾发表于《青春》《诗林》《江南诗》《星星》《诗刊》等刊物。曾获第一届再望书店青年诗歌奖首奖。著有个人诗集《节日》。

霁晨的诗
• 3首

静　坐

朋友，不要迷信现代，
去更古的风景撷来温情和暴戾，
所有林荫道就是所有的思想。
你应当夜读，怀念栽树的前人，
你眼里噙着泪水，让人怀疑是死者在读你。
漫漫长夜可供怀疑的部分已经不多，
只有户外灌木丛还瘙痒着地灯，
但天上的灯还照耀着你，为什么
我从你身上读到的不是一具受苦的躯壳
而是一颗澄净的水果？

我怀疑未来之甜就在今夜酿就。
原始的苦果到今天依旧幸存；
杯子的考古还能安慰一个新的饮者，
那海底升起的就不止是清凉的船。
什么是我们一再催动却不能冒烟的，
能从阵痛之中恢复过来的一定是海底的。
于是我们读到死最后成为化石，
生长不是为不死而已，快去清理管道里的海藻！

此时漫漫长夜通往讲座一般的虫声
敲门人你知道，此时让大风吹垮你的身体
不是好时机。你应该去认领一对翅膀回家，
尽管门后是着了魔的爱情，但谁能保证
自己能苏醒一生而不是一截着了火的木头呢？
接受严肃的教诲和规律的作息
都不一定能战胜那阵敲门声的暴力。

我家的门响起来格外严格,
但我恪守昔日做孩子时的惶恐,
我去门口照水,人离开,但脸依旧留在水上。

漫游者

我长在南国,作为一个漫游者,
叩响那些市政,环绕世界奇迹的
模仿建筑,我心里就住起了大工艺,
直到长大我依然认为我是
世界主义者,有造化匠心。
航海家也知道,大海的深处
必有大城。大奇迹不一定就是
大人造的,可能是一个无心的
漫游者种过的小奇迹长大的。

我模仿一个小徐霞客,抃笑着
拍着那些大墙和大话长大。
但如果说我一定要摸着大东西长大,
那就错了,我不一定长成徐霞客
抑或格列夫,我也可以是、永远是
不出省的康德,就静坐、看星空。

一定要漫游,内心才能宁静,一定
要大方漫游起来,才知何为静水深流。
我发现,人一旦静坐就有其他漫游者
漫到身上;人一旦漫游身上就生长
半世纪的地理课。一个老师再说下课,
我会怀疑他也背负着一个南国。
小伙伴们,你们听到下课,
不也自动发展一个孩儿国吗?
我走进那些孩儿国、大人国,
沉醉那些没有事务的工作。
风筝自己飞,蜜自己酿,最多
去捞走飞虫面前的空气,
这也大大提升我漫游的水平。

我发现,漫游者也不一定就是
漫无目的,小漫游也有大风波,
从前,一人之漫游也能倒卖大厦,
一个人游到最后必然走进深深的制度。

我走在灭虫行动和尘鞅之间，
谁能想到，我再从制度中走出
已经是一个决定自我流放的大官，
直到幕天席地，为良心勉励着，
害怕空虚占据我，我必须走，占据虚空！

宇宙虽大，但还不够我游的；
针尖虽小，也不一定就游得尽。
只要大方向对，不论郊游梦游
都是视死如归，游成蜉蝣也还能游。
所以我从生到死的漫游，是一点点
增长方向，走错一次，还能顺应大风，
再走到不用导航的地方。有时
走到你们身边，我就已经耗光了力气。
就在你身边，是否还想要更多？
但我又有一个不得不走的理由，
我已是为生死大计去游走，不可大意，
不就是一座暮光之城吗？还是说，
大风的地图里其他的漫游者已经登记。
我游到最后竟也有了决赛。因此，
快来与我同游，我不怕你比我游得全面。

发 动

在黏腻的邪恶夏夜，父亲把碟盒剪成扇叶，
黑色的扇叶套着马达转，一个意外的螺旋
拧得我们呲笑，转得起飞像竹蜻蜓也转出
聪明的脑筋。我追忆小马达的嗞嗞响，
感觉房子移动，跨过了门外的水沟，推倒篱笆，
轧过苍地，摇得家具发出了人声。邻居发火，
城镇化加速了，但月亮还留在古堡的窗户上，
催动爱情的魔咒，那仿佛是一支老歌里的，
所以不会再唱，只剩下一地的塑料残骸，
也像电视里蹿爆的火箭褪去的外壳，我们要
跑到门外，看天上是否响起一支慰藉人心的老歌。
这家是车也是船，但我不是那个追梦的引擎，
这老朽的音乐我愿再唱为第一推动力的冲击，
掀翻的家具再立正为一座座使人怵惕的庙塔，
还有螺丝刀拧紧的家庭成员的脸，留下
从刀耕火种一直到电气化革命的阶级胎记。
夜神扔下了破烂的作业箱，因修理心灵而拘挛；

电气化神充满爱怜地望着我们，要恢复欢声笑语。
等待天气稍凉的时候，我们的肌肉才放松，
下水沟里抓泥鳅，多么有力的身体，钻入土里，
瞧这泥鳅的尾巴可不是也装了马达吗？多爱
自掘坟墓的小东西，大地的强心剂！要多久我才能明白
那种突如其来的周围坟墓般的安静，是谋划的寂静。
居于幽暗的努力并不能完全将人带出时代之夜。
身体一部分留下，要耐得住另一场断电的骚乱。
繁星撕扯着咆哮着，邻居继续冲出来已经熄火。
倘若宇宙只有一季度的税入，倘若这家还在！
那月亮仿佛也是马达，统治天堂的基建热望。
核电站已经在建设了，大伙说，预告电费降价，
能把篱笆照成晶亮的冰棍，但请问大地之热
会放过把我们熬成半糨糊的机会吗？至少我们
不会真的见到一片血海。一种更优越的板块运动，
也许就是大地自身的意志，长满乳突和钢铁之刺毛，
并在人的睫毛下留下水泥的色彩，彼此匆匆一瞥
访客看透了自家之井深。土星环的吊灯和线条
华丽得涨潮的窗户，当成群的飞蚁离开这里，
整个建设的热情，只供埋葬邻人之爱的废墟。
从童年的花园走向装饰的废墟，发动我们
身上的暗夜，一种未断闸的惊恐引导的大火，烧啊。

霁晨，广东陆丰人，1998年生，几何诗社成员、深圳龙岗区作协会员。有诗歌见于《江南诗》《诗林》《诗歌月刊》《汉诗》以及中国诗歌网"每日好诗"栏目等。曾获第五届淬剑诗歌奖、第三届"快速眼动"诗歌奖。

葭苇的诗
• 6首

对　镜

> 因为此地是妆台，
> 不可有悲哀。
> 　　——废名

天上落，落，落水灾
抿一口梅花，直到寒与冷
彼此消殆。肥白的帘帐
欲与客衫，交换昼的欢愉
这屋里有我也有你自我的秩序

你说轻松的心，才能看见月亮
那清水模样。为什么
和半抹白云一起飞走？
留这皮相被注目成不设防的大鼓

你知道你走后礼貌地占有了每个器官的暴力
把时间也打扫成精致的灰尘

空事情

离开时，版纳正陷入漫长的雨季。
香烟盒空了。一缕烟连上另一缕，
好像是讲了讲沉默以外的事情。
睡前，和友人交换昨夜的梦境。
这孤独的集中营。雨林的版图，

是榕树用情网编织绞杀。
活下来的，只有几树鸟鸣。
雨水绕膝。因为爱，我无法
说出得体的言语。习惯于
掏出嘴唇这心爱的手枪，
用孩童讲故事的语气，
对着从未进入的美，杀了进去。

画廊主人

把家安在云上是质疑天堂的最好办法。
来路是无数面镜子，
没有名字的人会很快抵达。

含有太多雨水的时候，
镜子就被带往异乡。
取一滴放进爱人的耳廓里，
啄痛他。

贪梦的不止白墙，
弱音键大于胆量。
当面冲撞美，总好过
与美互相背叛。

流落画中的一只羔羊，
在你眼里，寻找童年的圆石头和爱抚。
井水将白云轻轻放下，
雨住，我们一起走近村庄。

System Nomenclature
—— 寄 Victor

我说，我们此刻的语流
盛放的是过去的时间。
老伙计，你的汉语停留在了
三年前、簋街、烧烤店。

什么可以割裂一顿饭前
该备菜的部分？

红溜溜的鸡心,还是
绿莹莹的行程码?

你好像只是出去了
一小会儿,我就目睹了新词
转化成熟语的全过程。

像继承了唐古拉血脉的湄公河,
顺应万物的流向,并
和它们汇合。变得冰冷,
缓慢,而清澈——

如果尚且做不到,至少,
我想放慢对这个世界的描述,
用今天配兑出的笔画。

和昨天的比例
无差。但每一笔,
都带着更新鲜的惊觉。

海心沙

没有一朵花,
比你手心里的我的手更加轻软。
轻软而知道握有一把嘈杂的掌纹。
不饱满的弧线再一次
迎接掌温。

黄花风铃木里,
喜欢的场景仅靠一个简单的念头
就能诞生。
霞光是神的邀请,
供我们学习,与捧灯的侍者
一起缓慢地黑下去。

假寐时,你问起我出海的经历。
海事不在无色的纸上。
季风在前,潮汐在后,
中间是金美的脚印。

站立——
和这一秒相续的
是我们下一秒必须的移动。
没有更远的去处。

寄黎士多

那火车没停。
黄昏于是传遍了整个草原。
黄昏小而静,而轻……我是说
一座湖泊。

十八岁,我的指缝,穿过湖水绵柔的快乐。
我学习早起,离家,在寂静处拐弯。
煮燕麦,用扭曲的寒风和文火。
一盎司的云,就够了。

后来,我爱恋过一位阉伶。
我的爱,有山、有水、有教堂,
有读者。萨斯奎汉纳河畔,
格里高利在嗫嚅中失传。

失传,不单单是一个人的事
是城池,壁钟以银针完成的隐忍。
有一次,它甚至谋划了一场休止。
而后,是深远的空茫,它依然是。

步伐在加快却足不出诗。而句号
画在奉上圣洁的那一夜。俗事。
废墟之于雨花石。

善意人,远方有什么,你就是什么:
雪白是你,辽阔是你,恬静的恒星是你。

一层霜,一封信,你带着多少水里的繁星
给我的下一场好运?排练,转身,
失败另一场被禁止的事情。

时间回到一八九四年，你看见同一张脸。
纺车前，干哑而牵出柔软的线，
做孩子的衣裳。

而雨衣呢？以亚麻、以丙烯？以
北方比鱼篓还无用的使命？

偶尔顶撞一滴雨：这天空的盲针！
派遣什么？来读我的心：
一拢光。耳语辉煌，辉煌永远为耳语
留一盏月亮。

唯一的铆钉。夜色空明。
泥淖，锁链，粮草……
还在燃烧着驴子温柔的心。
你耳语我耳语它
——星空之下，不必识字。

京郊，看黎士多在信的结尾写道：
"你对人的信任有时甚至太浓烈，
我虽然觉得好笑，但也曾被感染到。"

葭苇，二十世纪九十年代生于立春。青年诗人、译者。先后就读于纽约大学、北京大学。诗歌品牌"The Tenonists 塔内"创始人。

姜巫的诗
· 9首

战　争

战争离我们太远了，
远得就像一位老人回忆起
童年清晨的驴粪味和扑向冬天的白气。
他思索着自己被套轭的一生，
额头上越来越深刻的荣誉
和消逝的主人的幻觉。
但他当年也是那么兴奋，
期待着决定遥远的人的生死，
仿佛那些子弹和炸弹
只是嘴里说出来的词。

召　唤

多年来，你一直感受到一种召唤：
"回乡村去吧，回到庄廓和田野里去。"
默温或者雅姆也这样说。
那些贫穷、快乐、闪光的日子，
与冬麦、苜蓿和小山羊一起生长的日子，
即使有时你也曾厌倦得想逃离。
但已经回不去了，尽管它们都没变。
偶尔它会在梦中以亲人的面孔出现，
用充满期待但克制的眼神恳求。

莫合烟

夜里，我读到古拉格的阿巴尔丘克，
在两层架铺中间的狭窄通道上望着
"百米长的棚屋的那一头沉没在莫合烟的烟气中。"
突然被一股浓烈而空旷的老人的气息包围——
那是混合了庄廓、麦田、羊粪、棉花、雪山、
金矿、火车站、婚礼和葬礼的岁月的气息，
是回荡在多种语言间的世纪的气息，
是曾如土地般融入我的生命而被我视作寻常的东西。

我已经丢弃了那种生活，却没学会另一种。

你将成为你待过的地方

三分之一的生命已然过去，
我们所在的这个世纪，
也已经在表盘上走了二十二年。
往事在大地下，压了一层又一层，
除了零星的几块闪光的矿石，
甚至这些矿石，也如梦一般
从你的身后浮起，扩散向前，
一直弥漫至本世纪末。
也许你根本活不了那么久，
只能看着，看着，就那么散去，
像晴空里的一声鸟鸣。
但你留下的空洞，将由阳光
风和他人的思念填满，
你呼吸过的空气也会被
树叶和鼻孔重新呼吸，
你将成为你待过的地方。

沉　默

有时，你沉默着，向内倒去，
像一个神秘而幽深的涮坑，
在通往山巅的沙土路上，或在森林边。
"振作点！"有人提醒道，
同时投下期待之巨石。当然了，
大家都渴望回声，哪怕是你
钻石般的黑色身体的反光。

忧郁袭来时

忧郁袭来时，
像水银灌入我的心，
一切都那么沉重，那么悲观，
我不想挣扎了，
只想永远沉睡下去。

交　谈

凌晨，两只鸟在交谈
声音闪亮几个街区
一只说话时另一只在听
还有回应和沉默
我不知道它们在聊什么
总之在聊些什么

可能是春天吧

午后小寐，游天外
云彩开了一扇窗
好蓝啊，好绿——
比亚马逊漂亮几千倍
我的灵魂像飞机一样降落
吹拂水面，无法形容
你说可能是春天吧

餐馆礼拜

晚上去一家拉面馆吃饭,
我还在等待,店主的儿子,
二十几岁的年轻人,歉意地敲敲
我的桌子,指着另一张,问我
能不能坐到那儿,说他要做礼拜。
我会意,挪到一边,看他拿来毯子,
铺在西边的墙壁下,脱鞋跪下来。
他很自然,身边的顾客也没有惊讶,
而我则在他身上看到另一幅画面:
在北方冬日的墙根下,几位下方①的老者,
有一个突然起身,走到附近的草垛跟前,
跪在干草上,背影也是如此安静、肃穆。

①方,农村一种简易的棋。

姜巫,1997年生,甘肃临夏人,毕业于武汉大学。作品见于《诗刊》《扬子江》《草堂》《延河》《广西文学》等。参加过第十一届"十月诗会"。现供职于长江文艺出版社。

蒋静米的诗

· 4首

游园记

逃离家门时我们只带着雨伞，
透明的、布满黄色小花。
伞尖内部积聚着数年的残雨，
已发了霉，但是不必担忧。
只要有这把伞，
我们就可以抵御气候的变化，
必要时，我们也将它当作冷兵器，
向每一个可疑的路人挥舞。
一顶随身携带的屋檐，
足以令我们发誓不再寄人篱下。
穿过移动支付的都市阴云，
疲惫之躯们如同冗长代码般升起。
他们的灵魂总如笼子邀请宠物，
亲昵的手密布天空。
以至于总是忘记了，
我们和他们、都仅比天使微小一点儿。
这荒芜的花园中、爱是不可能的植物，
我们尖叫着运送种种荒谬：
伤害、失落、自我折磨……
人一旦热衷于说爱，
总说出所有与爱相反的词语。
然而尖叫无济于事。
在银河的花园中，
你只是一块幽暗的苔藓，
或者，一朵朝生暮死的无名花。
今天，我要为你披戴上晚霞，
当褴褛的皇后，浪迹于大路。

此刻，一定有圣徒正在为我们叹息，
因为战栗的闪电落在你睫毛上，
因为我们越追赶就越遥远。
这样两块小小的污渍，
却足以令天国背上爱的重担……
我们企图用雨伞遮住所有视线。
透明的，布满黄色小花。

摘柿子

橘红的幼兽，请允许我摘下你
尚未成熟的身体、多汁的瓤和硬的核心。
对于秋天我已经厌倦了，
但现在是新的月份，理当有新的祝福。
这里曾因盛产柿子而得名，
如今名字都消失了，像关于死亡的寓言：
更新与转化；一扇门，或是一条道路。
经由记忆的产道而分娩的桃花源，
它是这样隐秘地挤压与揉捏每个经过的人。
它厌弃不死者的灵魂，那位吊在笼中的
女先知，我们仍听见她微小而不绝的呼救声。
即便在节日，在庆典中……
姑姑，你领我们去摘柿子，你的长辈与晚辈。
你带许多人来过这里，他们都不再来了。
摘柿子是件辛苦的事，而我们都太柔弱了。
请你原谅，一次不会有下一次的探访。
现在我不害怕日落、谢幕和结束，
我们要从火中去赴同一场婚礼，
那时我们不再是亲属、朋友与恋人，
而是姐妹，与翩翩化灰的彩蝶。

北海之诗

我去过银滩，沙子是灰色的，紫外线强烈。
强烈的热带性适合你，晒出细细的吊带痕。
在国境线上沙子和海都各有归属，你的呢？
中国，只是我们身上轻飘飘的绶带，
它无法比历史更轻，停在虚空里飘飞的蜻蜓。
高考结束的暑假，我穿着泡水的脏鞋子，
因为痛经一直想呕吐，我又喝了冻啤酒。

雨没过地面的北海市,热带有着潮湿的脸,
我不知道爱,不知道痛,在路边的店里,
吃一碗无味的猪肉米粉。新年到了,请原谅我吧。
从今后不再这样活。一分一秒都不再这样活。
1849年12月22日,谢苗诺夫校场阴霾覆盖,
陀思妥耶夫斯基面对行刑队的枪口时正是作如此想。

南　京

总是这样,人们总是在大街上走来走去,
法国梧桐夏天浓烈,秋天落叶子,然后呢,
春天来了,花神湖仍然平静,我们不写诗了。
从灵修和摇滚的少年时代飞出的翩翩风筝,
偶尔眺望天空,似觉它仍在云层上方。
上帝的手要为我们披上细白恩衣,那日子还远吗?
在汽车旅馆和天国婚宴之间,错误越积累越多。
这里是困兽之都,有鬼魂在雨花台夜夜徘徊,
所有舞都停息了的街道上,我们倾斜向黑暗那边。

蒋静米,1994年生,写诗和小说。出版有个人诗集《互文之雪》(2016)《苦海游泳馆》(2020),作品散见于《诗江南》《中国诗歌》《诗刊》《南方文学》等,并入选多种选本。曾获光华诗歌奖、徐志摩诗歌奖。

君晓的诗

· 8首

新　年

穿过河边的一条小路
就会抵达外卖员小张钓鱼的地方
他形容寒冷像毛毛虫
他说像我们这样的人，没有爱
匆匆夜色包裹躯体
欲望永远无法满足，不可言说

每天时间都在延长
每一年月球都会被地球甩开4厘米
箭头指向刚刚倒闭的商场
爆炸的氢气球、疯长的绿萝、苔藓
混乱的事物们
肢解着这座钢筋铸造的空间

曾经的儿童游乐区
蹦床也失去弹性。但数据依然在进行统计
公园的大爷们下完象棋
回家收看一年一度的无聊晚会
小张的鱼篓没有收获
新的订单即将开始派送

烟花断续在夜空绚烂又熄灭
希望我们平安到老，到时仍有去广场跳舞的热情

婚礼上的神迹

倒闭的商铺是即将投入火炉中重造的锡兵
他的新娘是芭蕾舞演员,少了一只塑胶腿
我们成年人的残缺现实世界,无需探讨内在
打开八音盒,一卡一卡的月光曲如修地铁
一节一节,修好了,出声的管道又爆破了
别急,婚宴上的酒已被调换为水,前来观礼的
火柴人、果冻人、假面骑士、奥特曼及芭比公主
都不至于喝成烂醉,以至于被交警巨人开罚单
——禁止获此罚单者踏入一切欢乐场、名利场、修罗场

婚礼上誓言是锡兵将战胜天生的骄傲、残忍与木讷
给予新娘永远的软弱、依赖与爱、没有交换戒指
也没有牧师。也许明天这婚约就可以作废
就让我们此刻享受这短暂的激情,而后喜迎持久的平淡

假装没去过海边

外面的声音涌进来,里面的声音漫不出去。
新夏天。
从患有忧郁症的阁楼窗户往外看,
海很近。波浪在脚下,环绕着手臂,摇摆到头顶。
大概在晚上的时候,
我想对你说些什么,但是你先把自己要说的话藏在了洗衣机
里。

这样不好。还能怎么样更好呢?

冰箱的冷冻层有一颗脆脆的月亮。拿出来。因为灯泡短着路。
让它暂时照耀我们。

关于再游玫瑰园的十四行诗

午夜,初秋的细雨润湿道路
林中传来的蝉鸣包裹着些微寒意
我们漫步缓缓走入秋日内部
玫瑰已经睡去,一只巨大的蚂蚁
趴在幼儿园的滑滑梯上发呆

它在抉择，往下抑或是原路返回？
问题却不在此，而在于姿态
不设限的闲谈暴露了真实的羞愧
我们不经意从南门走到北门
瞬间的暂停陷入无法继续的僵持
如若此时我们可以放纵亲吻
将害羞的逃避转化作默契的共识……
没有如若，只有假装什么都没有发生
我们同样的步调、同时望向倏尔熄灭的路灯

两个问题

七里香在练习开花的姿态。一种不稳定之中还有其他的
有什么？

新鲜的，泡沫般的街道、泡沫般的——破折号
为什么？

此时在翻阅的民谣歌手也是后摇乐团的主创。当你问他：
"你的编曲给人以旋转的通感是否为你刻意创作的风格？"
不稳定、跳跃。逻辑性看上去太弱，让人无法理解前后联系
如一把打不开所有宇宙所有锁的过时精美样式的银钥匙
接受或者放弃。于是在午夜唱着日不落的女朋友不稳定
于是所有的不稳定叠加起来，组装成一辆小摩托

坐上后座，夜空的闪电来得漫不经心

三个问题

又来了。它到底在做些什么，会导致什么样的连锁效应？
躲起来的银钥匙栖身于视觉死角。并非是拒绝被发现
当我说："快，锁上门。"不代表正有人
要朝我们奔来。三分球投进垃圾桶。和昨天
一起。他只剩下眼珠、半边嘴唇、脖子
以及发声的芯片和电路。他被摆在床头柜上
"我是完美男友，是所有芳心的真命天子。"
对他语音指示：唱首歌。他唱："让我们荡起爱的双桨……"
让我们永远把门锁上。而永远有人步履不停

四个问题

从现在起你可以假装是衣柜,在黄昏将自己敞开
折叠和整理过去的记忆
届时,衣柜内部将酝酿一场雪崩,那是真正的夜晚
房间会溢满梅花的香气
如果你想逃避某个词语——恐惧背后真正的原因
无法面对也无法接受的本质
但你总会从逃避中清醒,新的纪元随之开始。荷尔德林说:
所有的人类都是短暂寄身
所有的人都只是此刻恰好是人。在公园里,也在公元里
我们都在其中,我们都喜欢散步

春　游

1
你已经忘记或者无法再使用的那种腔调
正如树林间渐隐的雀鸣,两者在具象上
唯有关乎解开谜题的联系。从未来溯洄
一轮落日构建昼夜的界限,你翅膀疲倦
却仍以本能维持飞行的姿态。谜题解开
不过是不再有新的可能性。用一片树叶
就可以切割任何一座城市。时代性的停
像午夜两点普遍人类正接近天堂的时刻
惩罚是对伪善的纵容,嫉妒则是最高的
褒奖。在彼处,一座乌有之湖无端荡漾
那即是你旧腔调的波澜,你目光的裂纹
像过去那样使人踏空,最柔软又最稳固

2
你的翅膀疲倦
却仍未忘记飞翔的本能
这是成功的自我驯化

体内的钟表即使失灵
仍有相应的时段
及刻意迟疑的反应
已经不再像过去的任何迟疑那样

过去你说话
语言轻的是空的

现在你说话
话语中的某个词语
从画报上弹跳至
装威士忌的玻璃杯中

酒杯裂开之后
裂纹是你腔调的波澜

有时你说话
落日沉入远山
地球自转的轨道
发生了一瞬间的偏移
我们就从此陷入永久的昏暗

君晓,原名罗君艳,生于1996年,江西吉安人,现居杭州。

康雪的诗·11首

水 牛

它吃草的样子,真是温柔。
它的尾巴
甩在圆圆的肚子上,也是温柔

它突然侧过头看我,犄角像两枚熄灭的
月亮,但它的眼睛
黑漆漆的,又像蓄满了水。

我们短暂地对视,再低头时
它脖子上的铃铛发出
轻微的响声——

我们就这样交换了喜悦,我们将
在同一个秋天成为母亲。

婴儿与乳房

以前不知道,天生柔软的乳房
能变得比石头还坚硬
不知道石头里有河流
河流里有怎样壮阔的温柔与暴力
这暴力是婴儿独自承受的。

以前不知道
不是一生下婴儿就能成为母亲
不是掏出乳房就能轻松地
喂养这个世界

是婴儿，以非凡的耐心
慢慢教会一个人成为了母亲。
是婴儿
让普通的双乳有了潮起潮落
有了月亮一样的甜蜜盈亏

是婴儿，平衡了一个母亲乳房内部
与外界无垠的疼痛。

再　爱

当我有了孩子，我开始返回过去的路
我向路边的植物重新介绍了自己

我也开始领会日常所见中隐藏的
激动——
它们什么时候开花
花朵将有怎样的形状、色泽和香味

在无数想象与对视中
我与它们不断交换着脾性、痛苦甚至灿烂

我以前不知道，活着可以这样有耐心
真正爱起来时，只有平静和缓慢。

良　缘

在陌生小镇的第一晚
听到洗手间的水龙头在滴水——
呐，每个人迟早
与一只拧不紧的水龙头相遇
然后遇到生命中
最澎湃的一滴水
它带着万千山川的倒影与
河流的幻觉
沿着漆黑的管道到达
它知道命运的出口与容器
知道如何纵身一跃
知道它那充满光照的破碎与愈合
将产生美妙之音
并在一个人寂静的胸腔
长久地轰鸣。

速　写

光照在羊背、草叶、石头
和照在人脸上
有些微妙的不同。
光在人身上学习到脆弱
尽管从不哭泣。
但光照在你脸上时总要
暗下去
很难分清那是光的阴影
还是你本身。
有时，你是真的很高兴
是光穿上你的衣服，替你站在
世界前面。

墓志铭

问出的话是黑色的。被答出的
是皎洁。我活在低处，但高空必然
有颗与我重叠的星辰。
我有幽静的伤口，在躯体之外
我有浩瀚的爱意，但拥挤在一滴雨中。
我数月前埋下的花种
一个芽都没有长出，我无梦可做。
但亲爱的妈妈
一个人最后毫无骄傲可言。我能爬上
悬崖，却爬不过自身的陡峭。

为什么写作

你知道吗，云雀可以
一边飞在空中
一边歌唱

不是所有鸟类都能这样
甚至
只有少数的鸟才可以

南方没有云雀
但我想要
云雀出现在我的这首诗中

不是一只，是一大群
是很多很多，在专注于飞行时
还能歌唱的云雀

你知道吗，它们歌唱并不是
因为幸福

梦见一匹马

那是一匹怎样的马啊
它那么懂我的心
我曾短暂地趴在它温暖的背上
看到河水中
我们的影子融为一体
它到底是一匹怎样的马啊
它温柔地跪下来
把我放在岸上
离去前，它亲吻了我的脸——
它到底是一匹怎样的马啊
它没有替任何人爱我
却让我醒来后
想起了所有我爱过的人们。

晴天在屋顶避难的人

太阳对于穷人多么重要
在屋顶，我们能得到的更多。

并不会有很多这样的日子
可以什么都不做
一直坐在光照耀的地方——

有三只羊在吃灌木上的叶子
我的女儿趴在栏杆边看得入迷
她后脑勺上的头发闪着光。

致陌生人

我们都太孤独了。但走进
餐馆
仍会选择无人的桌子

冬天多雨、阴冷
比起开口说话,冒着热气的面条
更让人心窝一暖。

我们都太孤独了
但刚走出门,就闻到蜡梅香
像无偿获得一种、很深的情谊。

何为故土

人死后,都去了哪里
没有谁能告诉我
这是好的。
在乡下,并没有整齐的墓园
这也是好的
想过很多年后
我也被埋在山里或山脚下
总之,挨着山就好了
到处都是蓬勃的草木
它们幽深的根部
总是提醒我
我有一个永久留在人间
四季开着不同野花的屋顶。

康雪,1990年冬天生、湖南人。诗歌散见《人民文学》《诗刊》《十月》等刊物;入选第34届诗刊社青春诗会;曾获第2届草堂青年诗人奖、第4届扬子江年度青年诗人奖等奖项。著有诗集《回到一朵苹果花上》《捕露者》。

康宇辰的诗
· 3首

我的心里突然有了许多力量

我的心里突然有了许多力量，
在渐渐落日的成都市区，虽然生活的想象力
终于高不过那层层叠叠的网：电力的、
人际的、经济的，但我已有决断。

孩子们在傍晚的塑胶跑道上训练自我，
在灰色的当代里，他们是孩子。
许多花绽开在疫病边缘、核排放边缘
或战争边缘，在时代的不安里它们是花朵。

我心里再次不能不爱这一切生存者，
一些大词，被人轻蔑，但只有诚实的爱
可以成立一些大词。一些乌托邦
伟大、悲伤，它们把世界经营给一些善良。

善良是弱者的品德，善良多么接近悲伤。
我在黄昏的窗前看川流不息的人和车，
要多么好的人们才经得起许多诉说？
我捧起灵魂，它未曾亏待，昨日已是宝藏。

蜀中抒怀

你好我的亲爱，我们很久不见，
不说近况的时候就各自锤炼，在月亮
巨大的冷淡下面，夜生活琳琅
满目，文字工作者向往街头狂欢。

Hey我的亲爱的，我在学校里上课
讲诗和文学的观念，夜里秋天的凉风
多像从十来年前的晚自习后吹来，
新老师背书包如整齐的少年，多年
过去以后，她还在收听更好的明天。

八十年代的感动是健康的，亲爱的或许
你喜欢《你的样子》，我喜欢《明天会更好》，
那些酒一样浓深的夜色、不太凛冽的风
让我过分思念一些从来没有的人。
你来和我一道深呼吸这馥郁的
混乱的年代吧，学生时代走在校园商业街，
那样土味摩登，山寨了人类自由王国。

我在高校的夜色下七步成诗，命
是要紧的，所以那些项目书长长短短，
埋葬了青春，或终于是慌张的、焦灼的、
空幻的打工之年。我亲爱的朋友，
把《未央歌》压榨了一年又一年后，我亲爱的
年代的记忆者，铡刀落下切分所有盛年。

你是美丽，美丽，美丽的致幻。我倾听
他们赛跑跑出亚洲劳动密集型的呼喊。
"劳动"，在一本哲学书里，劳动是
为了诅咒旧世界，在网红的现代城市，
劳动的奇观被消费得那样疲劳、那样顺从、
那样好看。我的亲爱的，人在家中宅，
社会关系也会纷纷从深网上找来。

不纯的时空，挪移的位置，我离别的悄悄
换十日的笙箫。哪里有夜晚的康桥？
辞别的才子之唱里我找不到故人，
网红的诗才不会胡乱埋没于伟大的年代，
可多情自古伤离别啊！看大地被风雨化育，
看萌生新花新枝无甚意义，我的胸怀
被北方的洪流拥塞，只好失忆又失眠。

亲爱的，你见过北极星的心事吗？
万古愁愁得青春长在，起朱楼宴客好心意
也再不遗憾人间聚散了。可是，可是，
文学青年的梦在夜半朗朗铺开，乾坤光明。
梦里的事情，无非是轩窗里的老抒情，
过于情长了，干燥的年份并不适应。

你挂念远方人吗？她写一篇盛年的陈情令，
如同捕风、如同轻罗小扇，秋日只余流萤。

被损害与被拥抱的

那年夏天她死里逃生，
或者说是如同死里逃生般地
到了北京。秋天吸一口新学期的空气，
不要害怕，她想把自己拼合回去。

一个时代的孩子，浑身裂口，
说什么裂口就是光照进来的地方，
在深不可测的清秋之夜里。

月亮很大，有人起舞弄清影，
据说大家手握一些青涩的道路，
没有怕过明天，燕园里有很多好人啊。
她写一生的呼告，害怕在好人里孤独。
夜色落地，文学社去过好几次，
她像焦虑的摄影师调整镜头方向和聚焦
又像新手那样无法以枪瞄准命运。

命运是他们互不相识，他们不了解
或过于了解，她站在成年的对面，
一个蛹让她静静地睡，在睡眠里
痛着，但那毕竟远不是真的人间。

她梦到迫害与被害，梦到时代的黑夜下面
有荒草离离，失去了石头屋顶。
我不会被爱了，但我强求一个希望，
我悄悄缩进影子里，荒凉的心
等待一个属于我的命运把我认领。

它或许卑微、平淡、不漂亮不辉煌，
但只要是真的接纳，都让被害的人们意外。
因为在这个世上你们要的
是山峰，我想有一个可以永久居留的
家，它不美丽也不暗藏背弃。

小小的孩子在春天的儿童操场上，
阳光洒在她身上、她从前的朋友身上、
凯歌和谋害身上。这不是一首好诗但她必须
她不得不写，为了证明阳光曾经在身上。

她的朋友们都是可以反转的，她嫉妒
所有的单纯，但时时觉得受骗，觉得窥测，
她不知道这条病变的道路是怎么走到中央的。

所以如果是一个恋人，那不够。
如果是一个高山流水的化身，那不会。
她听着视频里中学生宣言要高考改命，
知道自己的命运已屡次改变。
从那以后，我不配单纯明亮的无知，
我的理解都是破碎的脏污，我的灵魂
也是破损的脏污，但我爱一切美德，
用绝望中的注目，我爱一切美德啊。

陀思妥耶夫斯基是激昂的，
她喜欢俄国人和他们激动的心。
激动，是单纯的一小会儿，
她的心里花花草草她想要掏给一二人。

一个男友，在现在的心里，一个不够真实
也不够虚妄的男友。她爱过这个临界点，
她要守住他的。童年的小操场和小姐妹
离她的北方的恋人，有多少年了？
他笑起来太好看，世界是可以完成
在一张笑脸上的，而她是时代之病。

我要怎么活着？她讨厌那些糜费的
计算中的心力，她想，如果有一个契机，
或奇迹，她也会不计代价地生长开来
改自己的命。她的心震动得生疼，
她在这样的疲倦里得到了安慰。
他在遥远的地方，而她在此时此地，
感到一个跨越秦淮一线的拥抱
在心的友谊里又一次虚构了出来，
而且是新的，是不断的更加的新。

康宇辰，1991年生，毕业于北京大学中文系，现任职于四川大学文学与新闻学院。从事现当代文学研究与写作教育，兼事诗歌写作与批评。2018年获复旦大学光华诗歌奖，2021年入选第37届青春诗会，出版有诗集《春的怀抱》。

莱明的诗
· 8首

与谢铜君游望江公园偶得

松与竹的边界，薄雾升起精致的手掌；
像刚下过雨，空气中浮动一层盐粒。

我们两人，或者其他更多的人，在一天结束前
来到此：神力隐退，细微之物不容易看见。

这是平凡的一天，我们轻松又愉悦；
没有山怪环伺，暮色透彻如泪滴——

从它持续降落的高度，我们站在彼此可感知
的位置，将自我不断提升至这个平面：

（跌宕、魅力）有闪亮之人[①]
重召我们心中的大神、小神。

……我们就走着，并不说话。寂静的园林，
松径突然伸向塔顶，擅长眺望的鸟类正

举目练习。而人群，像栅栏里圈着的
一排浪，迭成山，又坍塌在此。

　①望江公园位于成都府南河畔，为纪念唐代女诗人薛涛而建，此处"闪亮之人"即指薛涛。

去利霞家

九月的最后一天平静、异常。没有割草机
驶进利霞家的院子。晾衣绳轻轻地晃着、舔着

甜蜜的光滑的中国式铁栏。
更远处是管道施工队,忙着我们并不关心的活计。

一整天我们都是轻松、快乐的。
没有事物消耗着我们的力量。它们也不能。

我们就坐着,像被铁拧在一起;
站起来,铁在熔化。

生活的美没有因我们而使它降低。
但我浪费了它,两次或三次。在这里,或别处。

噢,这严重的时刻一去永不回。就这样时间到了——
我该离开了,好让别的物体也来到这里。

移动的墓群

初夏,月亮发了新芽。你劝我,去海边隐居;
波浪搭起的房子,啤酒花一层一层。

像三角形和四边形的海怪,住在礁石里。我们
攀上树巅,并没有妨碍海风对沙滩的塑形。

有一些日子,船升上月亮,月亮升上树巅;
我们无处可去,在水中练习吵架。群鱼败退。

这并非不是好事。我说:"就一直说话,这才是
我们该做的。"一天结束,我们仍爱着这一切。

而那些词,一座座移动的坟墓,漂在海里、
极速、无惧。我们吃月亮,也吐出月亮的皮。

婚　姻

风声加紧。我们决定在房间待上一阵子
闭门不出,只看着对方的脸,回忆一些
旧时代的天气。房间很小,十几平米
一张床就占了大半空间。仿佛我们的一生
都是在床上度过的。被子里的棉花露出来
像肥胖的鸟在扑打翅膀。在我们之间
是一封信件,它张开巨大的嘴在微笑
除此之外,就没有可以描述的了。电视机
旧了,播放新闻的人老了。战争在另一个
遥远的角落,厮杀呐喊。但我们的房间
处处充满着安静。自从雨下在这个城市
我常常梦见湿漉漉的人群,从门前的
灌木丛消失。醒来,我发现我们还在
脸上并没有因衰老而留下的恐惧。你说
我们是坚强的,完整地保留了肉体的
重量。没有谁提出过,想去屋外的街道上
走走。"外面很危险。"我们的父母常说
这些日子,可供回忆的事物越来越少了
我打开窗子,看见无数的窗子在这时关闭
街道上又多了几棵香樟在掉叶子。我抱怨道
"这个时代的鸟飞走了。"你似乎没有听见
只顾在镜子前试新裙子。那时,邮递员
刚走出大门,发动摩托车消失在地图上。

慢 花 园

来了几个人,盗走了花园。

妈妈,我借用记忆
一次次探向海底:
我看见,一条鱼顶着它,另一条鱼
顶着房子,一只贝壳顶着喜鹊。

你刺绣一场雨,妈妈。
蓝,
天空是我身体的一部分,铺盖的低云

又跑过积雪。在你囤积海水的夜临近
山峦退潮的时刻：

  液态的马，
  液态的船。

隔着栅栏，夏天厚一尺。

致父亲

那一年，我们瘦如灯盏
山中的植物相继枯萎
我们出逃，沿着跑马的古道
一路南下，去了贵阳
在一座陌生的城市
我们努力记住有名字的街道
在街道上，又努力寻找
口音相同的家乡人
我们从批发市场低价购买
蔬菜、鸡蛋、拖鞋、衣服、袜子
又以高价卖给居民
仅仅为了睡觉，我们在街边
搭起一个简易帐篷
（后来帐篷被拆掉）
你坐在光线里，开始数钱
我摊开作业本，开始写字
为了我，你说要买车子、房子
为了你，我说要考好的大学
灯火阑珊、高楼林立
多年以后，我们的梦想
都实现了。城市的户口本上
我们的名字像落日一样肥胖
可是父亲，如果为了生活
我们就应该加速老去
在植物面前，不被宁静祝福
那么父亲，为什么不回去
不沿着跑马的古道一路歌唱
让囚禁在乡音中的故人
都回到故乡，让荒芜的园子

都种满蔬菜,在每个节日
把香肠猪头肉放在死去人的坟前
再用几分钟与植物交换祝福
如果月亮出来,我们就坐在
彼此的影子里,喝酒
喝酒,一直喝到天亮。

植物一种:鹤望兰

凝固在一种飞的形态里,但没有飞
——是在等一阵风,或神的起飞指令。
就在这里,准备着,
在大地上。
熄灭火盆里复燃的余烬,
——不惧你的凝视,且渴望被看清。

在望江观荷寄林月明

高处的风景当匹配高处的心灵。
锦江高悬,月照见塔楼、松地、荷池
隐秘处的心声、显露处的蛙声——
深井——我和你,此地当为好风景。

莱明,本名蒋来明,生于1991年7月,博士、青年学者、诗人、兼事诗歌翻译。出版有诗集《慢花园》,译介有约翰·阿什贝利、尤瑟夫·科蒙亚卡等诗人作品。曾获北大未名诗歌奖(2017)等奖项。现任教于四川大学,特聘副研究员。

兰童的诗
· 9首

在先锋书店读特朗斯特罗姆联想到苏东坡

音乐和咖啡如两位隐居的好友,
同时按响了我家前厅的门铃。
"你们比我更了解南京的梧桐?"
书籍燕子般蜷缩在书架里啁啾。
午后,工人正在检修《定风波》,
我从沙发上站起,走到店外——
望见被海草染绿拐杖的东坡,
正从海底吐香的贝壳中走来

地铁内外

地铁随纵深的悟识显露光明的天梯。
在嘟嘟嘟的鸣笛、白织灯、广告牌的
幻觉气泡里,纵身跃进亟待再次
绷紧肌肉的车厢。某人的观看被掷入
对视的波澜,仿佛鱼唇对某水线之攀咬,
使山影更大而瞬息收回。是的,那人
无须反刍,车速亦无须改变。家依然是
你信笃且必去的方向。而光的彻朗
反添迷雾,有小虫子在眼前飞,还是
你本身便自具敛于内在的翅膀而有待
某个对你深深寄望的善时间?当玩手机
游戏的那人和手拎皮包的那人在同一个
站名里消失而虚白于远景的颗粒感中
(树与霾与街道?谁知道呢)而你在
最熟悉的一站沿时间的劝说欲缓慢地

飞出,望见几个姑娘麦黄脖颈上连衣裙的
银质拉链。你刚才根本没有见到她们。
当夏季之热风扑向你的脸,你走出地铁口
又迅速忘掉她们,朝着如帘之盟的圆月
紧了几脚,并听到贴身地理才有的喧哗

一碗面里的陶潜

正是这碗面里的清欢撑起了倾塌的寺庙。
也正如我所见:面里的陶潜慵懒、不堪

在汤汁里振着蹼,拨着水。一片桃源隐匿
于碗底,从那里传来论道者的狮吼之音

我下楼去买张大眼家的这碗面时
正值黄昏雨歇,空气中饱含尘土的体香

而此刻,我已坐在玻璃窗前大快朵颐
窗外,明媚的霁色挂于天际

其间飞过两辆卡车:一曰蜻蜓,一曰大雁
正如我在午后疲乏的阅读中长舒的一口气那样

我必须在天际搭建一座檐头铸有铜兽的彩虹
以饲养雨幕中哭泣的情侣

和自己日复一日熄灭着的斩蛟之心。
小时候我曾赤臂狂奔于雨中,嘴角翻卷着雷霆

正如此刻我嘴边翻滚的这碗清汤挂面
我需要陶潜的酒和他引颈时两下"嘎嘎"的叫声

才能在浮世学习遁世的本领。才能像他一样
在碗底的漩涡中保持御风而行的姿态

顽　主

春风扑面,有小漩涡。齑粉与物事
正突破感喟之界限,抵达无主之境
难逢惆怅啊,不能反求诸已

细捻心曲,久久地省视
然后放下。只具大眼,只有宏观
空无处的晤面,有好处种种,可作鸟兽散

喂鼠记

我惮它会突然间峨冠博带
不似此刻,不分垢净地大啖鸡骨
用嗤之以鼻拒绝方便面的速溶
只独爱鸡骨那崎岖的香味
有时它手持八卦图跟我玩捉迷藏的游戏
从书桌到地板,桌底到床底,乾卦到坤卦
几平米的陋室里随处可见出世与入世
而有一次,我躺在床上
与地板上的它对视了足足十分钟
并从它的眼神中看出了辗转几世的烟波
我深知此生该我喂它了,就对它说:
"东坡,我是你诗中写到的那只鼠啊!"
而它充耳不闻,扭头望向窗外的拂晓
朝云初升,它似有所忆
回转头时,嘴里的骨头哀鸣不已

毗卢寺洗碗

皆非善类。一群擅于自戕的人
聚在须弥山下大谈济群法师和星云大师
手中的碗,有的残损,有的老旧
有的易碎却仍不忘自性的圆满
伙房师父眼中的菩提有着非菩提的一面
正如第一次到斋堂用斋时
我突然湿润的眼也有着其干涩的一面
我珍爱这干涩里的锐角与六棱
就像珍爱温善者的狮子吼
它让我们一碎再碎,如洗好的碗装进柳筐
并使我们杀气腾腾的龙胆渐息

冥中训

再见你时,当悬孤月。堂屋晦暗如林间
像馒头出笼,你被死熏蒸得更加动人
胡须上的清露映照着深深的庭院
这是孤苦里熬出来的相见欢啊
而祖父,你为何一言不发?
烟熏火燎的人世,你的洁白如五雷轰顶
槐树白了,官吏白了,骨头白了
而我借此在油锅里翻转,记取老虎与蔷薇

雪中老人

一场大雪盖住了
祖父的坟头
多少年了,我听到
他一路嚼雪的声音。

他演绎这个民族的
遁地术。而遁地
为了飞升?
谁也不曾想望,
雪却暴露了这一点。

大雪纷扬,雪中的老人
上了路,雪中的老人
盼归宿。板桥雪迹,
梅花鹿的脚印

以及祖先灵魂的指引。
世代的身子都很轻,
像这涡旋的雪,且没完没了。

猫　趣

我幻想中的猫得有个人样儿,譬如
衣冠。是的,它须着青袍,挂竹杖
须期期艾艾读诗;黾黾勉勉逐鼠。

还须看透生死，于天光水波间
翩飞。但它最好哪儿都别去，
唯地板上嚼线团、绒毛，
玩分饰老鼠的变形记。
有时——不，就是此刻，你们瞧
这是它的绝技：镀银的白炽灯下
它扶正花翎，反复唱我的红脸儿。

兰童，原名韩帅帅。1992年生于河南周口。现为某著名相声社团相声演员，居西安。作品散见于《钟山》《扬子江诗刊》《星星》《青春》《诗建设》《飞地》等刊物。

李海鹏的诗
· 3首

阿肯色山区
——写给石江山教授

> 只在此山中,云深不知处。
> ——贾岛《寻隐者不遇》

1
唯一记不住的词,像小幼兽
在密林中游走。凉透的空气里
热汽油用唯一的喉结翻滚,
不同的嗓音里飘出同一种薄荷:
秋天深吸着阿肯色。

2
全新的语言:山峦喷涌出草地
在高处,学会用橡树思考,用松鼠
用暴躁的灌木。一次语塞
引发地貌的亢奋。野马冲向迷失的
伯乐。黄昏中起伏的,真是谬误?

3
落霞说星期四,朝霞说星期三
通天之物讲述生死。是唯一的谜
射向云间:爬升,高耸,亲吻
高空麇集的鹰隼,也泄露了
新月幽影下,狼人的恐怖传说。

4
不懈的讹传,领你抵达西方的
满月之夜。云在分裂,聚拢,

戏仿虚构的新大陆。旅馆
像布丁,在半山腰甜蜜战栗。夜深了
风在伪装,你撞见碧绿的眼睛。

5
还有时间逃跑吗,或者返回?
丢失的东西已经离家太远。超载的
传说像午夜的啤酒沫,酿造了
命案。乳香味的词,真是杀人凶手?
黎明的血中,一架航班飞回大洋彼岸。

6
就在这山里,却永远找不到:假如
伴侣,只爱你记住的一切。宗师般的
枯橡叶打着转,在东西之间,应和
虚薄的水云。被谜底过滤掉的词
变回年幼的童子:朝闻道,傍晚隐入历史。

早　春

三月,天气热了起来,人们换上
薄衫,去海棠树下看海豹。
看海豹:人住水里,风住花团。
花团,有花瓣下落,纺锤形躯体里
喷出一大簇泡沫:三月,海兽在低吼。
泅渡人循回声,追踪自己的身体。
循回声,触到花粉过敏症患者们
哭泣的暗礁,皮肤上有绽放的章鱼。
"该得到的尚未得到",他始终感到痒——
三月,欲望的距离是海底两万里。
下一个登陆点:捕鲸船和图书馆。
每一次起锚都是开始冒险。水中腾跃的
金属,朗读者的低音从泥土里掘出葬花人。
三月,捕鲸手的眼泪是一间心爱的花店,
抹香鲸低吼的腹中,卖花女正修剪花卉的声息。

转运汉传奇[1]

1
多少次了,你似乎已习惯于被陆地玩弄,
譬如交夏喜雨,消隐在花果间,却霉湿
你手中扇面上虚构的风景:"这不真实。"
你说,模糊的水彩中照不出未来的面容。

就像柑橘不知道自己有多珍贵,你嬉笑
打闹,一次次戏谑过后沉吟友人的幸运。
"上船去吧。"你说,让自己内心汹涌——
你渴望着财富,像大海渴望久违的风暴。

燃烧的甲板引来海鸟惊悸,绷紧的船帆
跫进风的赞美。海水被甘甜灼得滚烫:
水深处,有一只巨大的味蕾在急速旋转。

这瞬间,你从火光中照出一张虚构的脸,
你害怕它,像害怕你的名字,像信天翁
蜷缩于甲板,羞见海水中自己焦灼的倒影。

2
你把手伸进背囊,掂掂由甘甜兑换的
银币,并认定那重量正是神迹的显现。
你感到手指被压得发疼,而指缝间
却有某种命中注定的轻盈腾空而起——

但你不知道它的存在,就像你不知道
那笨重的龟壳中竟隐藏着龙的占卜。
它兴风作浪,盘踞在桅杆上搅乱航路:
被命运灌满的帆颠簸着如惊慌的飞鸟。

龟裂的海面平息,像遭遇又一个卜辞;
你挥挥湿透的衣袖,却发现某种重量
坠在袖口:你想说些什么,但欲言又止。

银币还在,阳光洗净它们表面的潮湿。
你闷得厉害,随手取出一枚照了照
自己的脸,就远远抛向前方匿名的荒岛。

3
望着那一纸契约像望着一道不解的谜,
虽然你知道你的名字就是谜底。你摇摇
扇子, 想想昨日在港口盘桓的飞鸟,
才醒悟那情形中竟隐藏着偌大的秘密。

稀世珍宝早存在了,它随你漂洋过海:
鸟群低飞,低声赞美灌满海风的甲板、
浪花细小,应和着谜样的低语。可叹
肉眼凡胎,如何看得到它绝妙的光彩?

是谁借这胡人之眼,将秘密轻轻破解?
剥开那龟壳像剥开曾让你惊叹的柑橘——
你瞪大了眼睛思考命运,但不得其解。

落笔前,你想照照自己是否还是自己;
望着那一纸契约像望着一道不解的谜——
你真不敢相信你的名字竟是唯一的谜底。

①出自明代凌蒙初《初刻拍案惊奇》。

李海鹏,1990年3月生于辽宁沈阳,先后求学于中央民族大学、中国人民大学,现为南京大学中国新文学研究中心助理研究员。从事新诗研究与评论,兼事诗歌与诗学译介等。出版有诗集两种、译著一种。

李琬的诗
· 4首

树　荫

在十字街头，没有传单、卖报人，
只有带领少年学徒
认识字模的熟练工。

或许你刚刚放下一本
无法更改的危险生涯，
一见面，你便把许多失去的黄昏
送进我的掌心。

大地上布满了幻象和新闻，
而你：法律、季节与钟摆。

焦虑联系着我们，
被磨毛的绳索在梦里摇颤。

曾经熟悉的星空已是一片空无，
但剩下的，也许还有许多。

当人们紧握着想象的产权
去往等级制的幸福，
我便登上容易绊倒的石头阶梯。

我坠向云霄后回来，
发现从未离开身边的事物，
像你的倦怠一般
散发微烫呼吸的时间。

你曾用这些细小的刻度
教我提防衣裙的褶痕,
恐惧如何被爱惜浸透。

在封锁的此刻,
夕阳的沉没只会擦亮铠甲,
它们是公正和真理的残片。

风在射击,朝向游击队员手中的烟叶。
在树荫笼盖的马路边并坐,
我们被揉碎、并扔在一起。

骑　手

露水和星星没有照耀它们应该照耀的
却覆盖在我身上
土地的冗余物
凹陷时代的肿块

什么才能带来明天的食物呢?
我们吞下迟迟不被破译的
真力时与摩凡陀电码
不,他们已经被苹果手表取代

如果我可以吃一个视频、一沓单词就好了
他们说"只有这样",你才能体面
但我无法每时每刻渴求奖赏

我比你更了解风景的前端
一些马路构成的水泥线球在我们身上滚动
滤镜无法遮盖的杨絮与尘霾
是我值得抒情的临时居所

让我暂时离开安全的屋顶
安全的身体一无是处
雨水会容纳它
用它来交换你在室内的局部胜利
这时我们没有什么不同

在周围没有几个行人的时候
你会和我同行,阳光的包身工

钢筋如炸裂的沙发弹簧
园丁喷洒的春天更像是无人欣赏的当代艺术

我们会看守被外国宾客抛弃的皇家宾馆
路边几只不会说话的狗
像刚被拧过的脏毛巾
让人想起老家的那种
不知从哪里出现、又从哪里消失

也许另一些人休息是因为厌倦
我却还是渴望
你也把我算进你明天的劳动报偿

陨　星

秋天带来暗示：
夜晚充满逝去的精神。

匆匆离开地铁，
我该努力关注
近处菜肴的知识：
怎样交叠又拉开距离。

想起心灵的本质，
像是一些辛勤的同伴
耕耘无人欣赏的远郊。

我打量陌生的车站，
这里曾有小商铺、托运站，
还有居所和时间，
更早的时候、或许还有舞女缝制旗帜并哭泣。

现在是窄窄的一束：
我们在不被允许的地方碰面，
细长的电波、还没到挥霍的时候。

尽管不再有剧烈的审判，
但也从没有坚固的邻居。

总之，在开阔的地带，
也要与卑污周旋。

理想，把那写满被浪费的电码的纸条
递给我们。

特工还在旅馆窗外徘徊，打鼾与失眠。
高楼上平静睡眠的灯光
注视着房客起身，
穿上下一个新我——

你曾不同意这种消耗，
但小雨的街道默默反驳：
那些亮丽的生活已被抹去。
或许落叶的扫除也是一种建造。

我们并不孤立，
很快，我们就将在幽暗的折磨中
将爱的铁马掌钉牢，
把人的性质锻炼为新的陨星。

谢家胡同

这些坚硬的门槛能迫使座头鲸
长出脚爪：京承高速、东直门、安定门……
从热河开来的长途车布满尘土
照亮哀乐的鸿沟、前程的鳞甲

云像孔乙己排开的铜钱，冰凉而安稳
词之间的空隙越来越大
一整片号叫的沥青被拧成脱形的亚麻衬衫
我在酒中抓住北京的尾巴、狱卒的衣领
他松开我舌尖多雾的镣铐

我住在歌手废弃的琴弦、加深的皱纹边上
我也多么爱那些残存的名字：豆角、柴棒、车辇店
桥洞下的风，跟着幼年的兔子回到我膝头
像一个不存在的我的孩子

父亲，我看不见你的梦
我攥住许多无处可去的声音
来到我自己的病人身旁
从他手里吃掉秋天的灰烬——

我喜欢那甜味，一些屋顶正在坍塌
一些叶片落在旧王孙头顶

经久不息的劳动透过镀锌路灯的光彩，来到
路的中间，做烤饼的女人俯下身子
面对杂草，轻轻呕吐
路的尽头，挨饿的松鼠钻进豆腐池取暖
手书的招牌败落，映出几张被熏黑的脸

多么柔软清凉的雨，银光闪烁的钟楼鼓楼
像一把长锁，暂时锁住我们的身体
事物的纤维裹紧，暗暗卷走生命……
我的呼吸在你口中，我完全是你，灰色的沉醉的内城

如果不能忍耐那些纸页和灯光了
那就再忍耐一次吧！那也是我们同样不会再有的
后代、幸福、熬夜读书的日子，或真正的荣耀与牺牲——
给我更多的雨，冰冷的远方和病危的亲戚
都在檐口闪烁最后的绿

李琬，1991年生于湖北武汉，毕业于北京大学中文系，图书编辑。写作诗歌、散文，兼事翻译与评论。著有文集《山川面目》（漓江出版社，2021）。作品散见于《诗刊》《上海文学》《上海文化》《飞地》《文艺争鸣》等刊物。

李尤白的诗
· 6首

四月三日

很好的天气，柳树自然
手在对岸健康地招呼
界限的流水，春和景明
平静无风拖垮了身体
伊瘫在循环，渐成僵的
空想有佳人予伊一些照顾
虽是懒得动，拉来扯去
便这样在床上亦能展筋护骨
波澜不惊，骨头熬汤
这世界尝不出味道也好
这世界烂搅到水天一色也好
这世界要捂一个严实
但是自怜自爱也好。
然而手在对岸健康地撑着，
那上面缀着点滴清楚的水珠。
恰照见这里的世界的内壁
那忽然降下的清新神秘感觉，
似久违的伊的主人，但款款坐到
更深一桌去，但风在传来气味
像你真实地说话一般舒服。

雨　中

办公室发呆到挺晚
出门已经下雨。
熟悉的城市常常
有意外的天气。
试图往外走了会儿
不想再折返回去
就近到屋檐下
蹲着，吐几个烟圈
人都从我身后
推门出来，把伞撑开
等到雨比之前小了。
我走入清新宁静的雨中
轮胎轧过路面
舒服的声音。
雨丝，层层密密的水珠
带来美好感觉的物质
它让我有安逸心境。
我投影在这里延展而修长
万事万物的圆臂
一个个画出肉的轮廓。
在我家里的阳台上
或许有独钓之美
花瓶驻足不动，
人声很高却都在半空。

海洋气泡水

这是她观察我的方式：
"抬头""转身""踢腿""深蹲"
"双手抱头"，把脸露出来！我本想
一直用双引号和那些掌控力划清界限，
但是会有这样一天。今天我回去的路上
喷泉在路灯下面非常洁白地展开着。
我想起身体里一只捉弄的鸟
心气高妙，有弃之如履的好处。
我觉得是，我们应该早一点儿来看她。
我想起在国年路我看着一个人衣服背面的

图案。他坐在一辆无助的自行车上
停着,他不动。他体内放出崩溃的结石
那会儿我在她身边,所有器官中
我使用着呼吸道,一对鼓膜,诸如此类。
金橘的籽我一颗颗吸进来。那是
在沙发上休息的时候,我想起真切的
触摸有时可以处理一些简陋的暗涌。
盘子里盛放着一些丢失了蛋糕的牙签
我低头假装清理指甲,弄出很小的声响。

偶　记

汗水,我使我变重。
沿着自己起一层阴影
那种能量也可以
把我从汗水里挤出
一种脱水的意志,
像活泼泼崭新的海绵。

我看见,
我在许多路灯下看见过他。
聚会结束了,天公抖擞
一株枣树,一株枣树。
折磨人的神医妙手
慰留一个空虚并在里面踌躇。

许许多多角落
我总见到等候的人。
找地方站定,
又像是要避开什么的姿态。
诸君似青蛙四面而来
滚入逐渐不适的热水中。

爱　人

我都记得,和上次是一样的。
那时候外面在下雨我们
刚进店里坐下
我们刚刚坐下来,
周围就站好几个等位的人

面条飞升的热气,外面下着雨
和被搁在一旁
湿气腾腾的顾客们此刻都
挨不着我的身体。
男人的迷宫如同女人的快进按钮
和上次是一样的。雨随时
可以减小我们出去它随时变大
像你善良的善变。
那些雨水赠予过我们的
奇幻的结界;雨水和下一次
雨水的间隙
宽阔的耻辱。而我无法说出什么
为所有够不到的接受
或一种登时枯萎的轻松
使脸像浸泡已久、衰败的
深深的弄堂;或像是
我们支付予宁静的
热烈的反扑、
与漫无目的的报应……

忆达夫怅然有怀

正想到,在我二十岁的时候,
乘上几乎虚脱的大巴。
身边的女孩因寂静而沉重。
她在假寐,她似乎
想拖住我到不可知的很远。
她像死牢一样咬住我,
使我因虚空而沉默。
似有不可企及的快乐,
在通往那途中我必须昏沉。

我们正在去到哪里,
何时她要醒来。或者
推醒她,请她立刻为我决定。
身上的皮不断抽搐,
吸走经过的脚步声。

想到在我十九岁时候的闷热,
鸟排虚而飞,兽庶实而走。
某君,与我讲起她的过去的眩晕

她的双城记,她的鸳鸯浴
她打动人心的声音,
她声音里丝丝缕缕的饱满……

失踪是一场发难,
卢沟桥兼具渺小与善变。
在两千年以前的空虚的大殿,
来者向我献上诱惑的地图。
那时所保护我的
我与生俱来的一种恶心,
我的倦怠,我的无意于征服
我在樊於期的头颅面前
深深的不信任……那几个破窟窿
或者像烟鬼摆出的迷魂阵?

他自以为的督亢,表现主义般刺激
要在我的桌面上一记翻个痛快。
我只是绕柱不愿意看,
我在有些时候全部听从一种声音
声音的统帅,声音的军机处
并且,在刺激驱散的恍惚里幸存下来,
我感到那时的亲近非常卑鄙,
如有宝石千变万化的便利。

那么,每天每夜怪我走神太远。
你们已喝了多少,又谈到了哪里?
百年以前,此地这里,这附近
是真正的风流名士烂醉的上海街头。
让我们都成了陪他在燕子巢的老妓罢,
让我要做一回名马美女为他牺牲。
让我饮少辄醉,我为大家多添些高兴……

李尤台,本名沈哲楠,1998年生,毕业于上海财经大学,曾获复旦大学光华诗歌奖。

李昀璐的诗
• 9首

南方高速

时隔多年你重抵南方
回溯幼时记忆：
广州是大巴车上的广州，晃动的
飞驰的广州，留下最初的剪影：
一条热闹的街，滚烫的人潮混杂新鲜口音
普通话像一种方言，标记乡愁
谁是真正的游子呢？我们靠脐带和子宫
连结故乡吗？忽然发现乡音已经
面目模糊，这是谁的语言？
曾经你在教科书上学到
"马背上的民族"
你是车轮上的、口音中的、广告牌下的
散点坐标
串联数个遥远的城市和陌生的地名
成为一条曲折的南方高速

访　雪

一直没有落下来的那场
会悬在人心上

所有迫切想得到的东西
都会变成雪

刀上的雪、火中的雪、赛博朋克的雪
雪中的雪，命如纸屑

雪是重的世间最重的会面
从天空来，空旷，短暂

我无法一人置身浩浩荡荡的相见：
它们落下，经过我，又溶解

春欲晚

"祝你永远崭新"
过去的通行证——回忆资料
陈列在友谊博物馆
你是一扇西北的窗子，为我漏下
先行的雪花和关于沙漠的空洞遐想

摇动万花筒，九色鹿昂首
时空交叠，电视线早已将我们
从童年紧紧相连
瞳孔中的破绽结成漂亮的蛛网
从一而终的愿望
每天都要有漂亮新裙子
我们摔杯为号

清白的校园时代
谁是最先发光的人？
彩色宣传画色彩斑斓各成营垒，拔节的树木
在我们头顶，小松鼠跑来跑去
最好的日子我们还未学会开花
每日为同样的遗憾反复遗憾

如何预知一条河流的方向
沙石沉积，岸是它多余的部分
停歇的都将被落下。赶路即是对抗
送陈章甫，送杜少府，送高山，送流水
送所有的歧路和困顿的风尘、沙粒和泪水
从北方到南方的高原，人们各自晦明
又交相辉映

拟行路难

乡愁有时是反向的，我们会
更眷恋尚未抵达的远方

瀑布止步于山崖的围城，为何要
在人间投石问路

每一个字都掷地有声，也绝不反悔
醉意寄北，追问山寺冷凝的钟声

草木之心，是春天的心
是柔软的心。月光自愿落在我们掌心

一生都要做落榜的人
做走投无路的人，做诗人

墙　纸
—— 兼致 M

水草是假的，鱼是假的
小美人鱼是真的，石榴色火红
不动声色的海浪手握万花筒密码

花瓶是真的
干涸与枯萎唇齿相依
唇亡齿寒是假的
双手空空才能抱紧你

抱你是真的，贫寒中生出的柔软
马良折枝作画，万物造影之前
早已怀璧其罪

草戒指

编写精致妄言
在指尖
一切都不会匆忙兑现
与苇草发愿
铭记此刻圆缺

不会再有同样真实的瞬间
力所能及选择最优雅的星链

春天的包围圈逐渐缩窄
关心每一根野草的垂死抵抗
和钻石反射真相的临界角

你将拥有更多,也势必
要面对秸秆微弱的犹疑

娃娃机交响

解救小熊,解救鸭子
它们坐在玻璃中
成为流动的现代琥珀

解救星黛露,解救小猪
解救悬挂的布偶和水晶球

面对吞噬游戏币的钢铁机器
投入金属圆片,收缩铁夹

原谅漏网的野火
逆航时,命运的沉锚也会失手
它们看着我们,我们在玻璃中

地　图

极目远望的月亮
闪烁着一无所有的洁白
我曾给它很多温情
它也报以我同样的注视

为一个晚归的夜晚构思新的比喻
狭小的城市已是一本透支的词典

我从这行走到对面、再折返
在简单的重复中搭建迷宫
熟知所有的路线也甘愿被困

路灯反复熄灭以记录时间
记录逐渐蜷缩的一生:
树影遮天蔽日
最终缩小成一簇颤抖的刺猬

易地记

到远方去
把那里认作新的故乡

宽敞的房屋晾晒月光
黄色墙壁仿佛某种靠近阳光的花束
想起土楼,童年的土楼
它让生活站立起来
又在风中摇晃

土地日渐贫瘠,在陡坡上
人间是倾斜的
短暂避雨、直面下落的箭矢
与牛羊生活在同一个屋子
它们在隔壁呼吸,像遥远亲人

要有一间新屋子了你大概会喜欢
可以装饰它
像梦中一样只是它不会再摇晃
也不会漏下泥土、在暴雨中落下
令人心碎的泪滴
属于金沙江的要归还金沙江

要拥有新的故乡了
把一个陌生的地方变成子孙后代的家乡
那座土楼会在某日坍塌
而我们要继续种植辣椒和西红柿
在没有冬天的地方

李昀璐,1995年生,云南楚雄人,中国作家协会会员,出版有诗集《玫瑰星云》《寻云者不遇》,有个人公众号"寻云者不遇"。

马贵的诗 · 3首

"夏天的故事"
——给西哑

当我去邮电大学找你们时,
傍晚的余晖还正盛,还有风
像摇摆的银狐,从家属院小区穿过。
楼房是砖红的,被榆树
抽出的、茂盛的新枝遮掩。
水果店呢,还摆着摊,
火焰在理发店门口旋转。
一切平静而松弛,如同
等待。还有老人像稀稀落落的、迟钝的
鸟,在慢悠悠地归巢。

有什么是值得怀疑的吗?
譬如,树胶掉落在餐桌、栅栏
和街边的汽车上,不会有人去擦拭。
来到北京这么多年
我们仍然滞留着口音,
午夜梦回,在油腻的路边摊,
看夏天,加速地流逝。
感官拒绝封尘,仿佛
就在昨夜,年轻的学生
还会歇斯底里地唱歌,
还酩酊大醉,把结痂的创痛
随着腹中的浊气,排散到夜空里。

即便是这样的夜晚,牛肉面
刚下肚,米粉的辣还留在
味蕾之上,在街灯陪护下
新采的碧螺春在沸水中,舒展着双翅。
不可避免地,要谈起
同一个人,类似的主题。
高谈阔论,江山指点,
起舞的手势,以及
对这座卡壳城市的批判。
只有她,在一旁寡言少语的
姑娘,或许在偶尔出神的间歇,
早已飞逸至星云上

远离西部

双翼在铅色的风中鼓动,一只鹰
徘徊成勋章。沙丘蜥蜴,迅捷如同哨兵。
古典的烽火,从边塞诗人
燃烧至今。这些象牙般的赤地
仍在时代的雕刻之中,边疆
行省,为石器一样的语言所划分。

遭受阳光的曝晒,嘶吼《阳关三叠》。
绿皮火车像一条巨蟒,光吃,光吃
爬行在方圆万里的戈壁。
荒地与坟冢,蜃气在升腾。
随着祁连山脉像风干的
牛肋巴一样,从地平线渐次隆起,
命运的关隘,赫然在目。
我年近三十,身心布满斑斑锈迹。

望窗外,风土在加速后退
新月依旧,网罗草地林莽。
仿若一次逃离,我无暇
抒发任何思古的幽情。因为
在此地,黧黑的面孔
常年抽搐。他们跛行似瘦马
深情如牛犊,对于眼泪讳莫如深。

想起那些停电秉烛的夜晚
在田埂放烟,以监听霜降。
不是在别处,在垂柳摇摆的滩头
猎户星座为我们编织出一个躬耕的形象。

一个躬耕的形象,在遗憾中
挣扎、出走,与贫穷一生角力。
此刻我,一头夜游的种马
响鼻时躲开陌生人的人群。无论
身在何处,这是双蹄能抵达的最远
地方。当火车穿过山洞
黑暗中,一声尖锐的呼喊
从宣礼塔传来。
而在今夜,我将投石于何处?

去维纳河

> 既见君子,云胡不喜。
> ——《诗经》

一旦我们驶离巴彦托海
车内积郁的闷热
被耳边轻鸣的风
驱送进雨后的牧场之中。
彩虹、草地对阳光的
最新误读,每次
出现在转弯时刻。
因为,美是无暇顾及的。
看光束打碎云朵
泄露荣耀与怜悯
远山留下迅逝的阴影。

这是难得的出行
我们也无法想象
营地迁徙的季节
还有怀孕的跟随队伍的
羔羊。它们一边
驻足、一边凝望、
敖包发光的流苏。

而寡言的游客于
风景的临时性中
采摘。双眼呼吸
饥不择食,贪婪
吞吃沿途的风景。

直到穿越永丰苏木
伊敏河收束脚步。
沿着公路的边缘
我们减速、盘旋而上
像是为深秋合上
金色巨幅的卷轴。
大兴安岭,有颗
温柔的胃,磨碎
山石坚硬的风土。
河谷动情而丰沛
宛如女性的子宫。

骑摩托放牧的
布里亚特女人
风撩拨她们的衣襟。
老陕带着黄土
高原的手艺
颠沛迁徙而至。
蒙古人倾泻
长调尖锐的
呼喊从云端传来。
天地辽阔,如同接纳。
苍松是千年的
部落,连成一片
掩护着文明的地理。

历史的薄雾来来去去
如同云脚。蜂群
在河面扩散轰鸣。
在维纳河林场
停下来,白桦树
和樟松隔岸相望。
旅游产生的少量
秽物被拦截在浅滩。
消失的木舟还在
河中,顺水漂流。

而驯鹿像神秘的
公主，短暂现身
不带一丝怨念和伤痕。

带着记忆，我们
站在草泽林莽之间。
松涛阵阵
万物私语。
看鹰携大气回落
持续的滑翔令
我们无能且惊奇。
当正午之光劈开
维纳河深蓝的穹顶
宇宙清醒如初。
寂静，那迫人的
力量使时间消失了。
而我们站着，会成为什么？

马贵，1991年生于西北，诗歌见于《草堂》《飞地》《江南诗》等刊物、曾获"未名诗歌奖""樱花诗歌奖""光华诗歌奖""重唱诗歌奖"等奖项，辑有诗歌手册《云中庭院：马贵自选集（2014-2018）》。从事文学研究和批评工作、现于中国人民大学攻读文学博士学位。

马骥文的诗
· 2首

喊叫水诗篇

> 幸存下来的似乎是水和我。
> ——布罗茨基

1
此地，盛产坚硬的石头和肉体
一些人驱赶火焰般的羊群度过一生
他们长着黄色的牙齿、眼睛和手掌
在七月，金顶发出悠扬的唤礼
男人纷纷变得洁白，他们
从黑皮肤的女人手上接过粥与祈祷
穿过野草、山谷、乌石堆砌的坟墓
去创造，去爱

2
少年在泥屋后种下爱情与死亡
他背起祖父的镰刀与红日，骑着马
去东方寻找词语和鲜花
在黎明之光的大地上，他不歌唱也不哭泣
五月之雾渐渐弥散，他看见在山坡上
一群人面朝神灵的故乡站立
为了换取洁净
他们背过身，吞咽着土

3
如今，已是北风呼啸的十月
我在松花江岸独自喝着黑蝴蝶茶
一种甜腻的暴力，在你的翅膀上

落满淫邪的灰点
你的降临始自一束被眷顾的光
当爱在大地上,如麋鹿之迹一样隐没
你该举起一只挥舞的手
朝着那天堂之河的对岸不停地呼唤

来自北方的斑鸠

1
灰的精灵、灰的火焰
在北中国的天空游行,
它的普通,就是它的奇迹,
遍布于地域、时间和记忆。
这些北方的众乐手,擅长
用湛蓝的胸腔,为星球编织
声音的发辫。在流水、血液
以及全部亲密的影子中摆荡。
一些事物从来不会被我们
认识,但当失去它之后,
我们才会真正明白它的意义。
就像此刻,我在宇宙的水底
又一次听见它的叫声、咕咕咕咕……
这不是幻听,也不是回忆。
当它沿着祖国的边疆传来时,
我发现,我自己就是一只
在生命旷野上鸣叫的斑鸠。

2
你的模样、你的姿态,比金属
更纯粹。当雨水淋过贫穷的坟堆
和村落时,我看见,你降落在
大丛的仙人掌上、站立在花和刺之间
如同众圣女的脸:于水滴中避难。
傍晚,呼唤声从大地四方响起,
你惊飞的同时,花粉也如亡灵
纷纷落进土壤、返回语言的根部。
这里居住着北方的民族,他们
在你的声音中、出生和死亡。
而那些失乡的人们,将永远
生活在对这声音的擦拭和纪念中。

它混合不同的母语，恢复着他们，
赡养他们的灵魂，是的，就是赡养，
如雨雪之于土地，光亮之于瞳孔。
一遍又一遍，女人和男人谛听它，
啜饮它，伴随它的鸣唱沉入爱意，
在桃花里回应极致温柔的召唤。

3
绿夜里，群星是爆燃的词语，
它们在寂静时总会无限靠近你，
将你壮大，成为幽灵中的幽灵。
隐微的最明显，无用的最有用。
让我在乱石山冈里继续行走，
采撷露珠、野风、天籁和星光……
让它们治愈我，缝补我，
点亮我身体里全部的塔。
更远的时刻，你衔着碎陨石
飞过摇荡的芨芨草，站立在
北方的屋檐，谛听人类的故事。
这些故事一经说出，就像风一样
消散逝去，只有你的鸣叫
会将它们记住、保存、流传。
从兴安岭到帕米尔，从松花江
到伊犁河，声音创造认同，
我曾向人们致以斑鸠的啼叫，
人们回赠我珍宝：根须般的心。

4
那时，北方的夏季酷热而漫长，
女人遮盖头颅，带着她们的孩子
在辽阔土地里弯腰拾捡麦穗。
她们的手臂粗壮而黝黑，滴着
汗水，在土壤里凝结成盐。
轻旋风从远处戈壁上游来，
又从她们的身旁温柔掠过，
麦浪翻卷着，在寂静的白云下
发出嘶嘶鸣叫。风带来凉意，
吹动人们的衣襟和念想，把
他们从少年吹成老年，然后
又使他们成为黄土中的一粒。
那时，我睡在日头下的麦地里，

瓢虫落到我的脸上，蚂蚁咬着
我童年的脚趾，我嗅野草和
泥土而眠，那时我梦到什么？

5
长大后，我落单为写诗的人，
有时，白纸摊开在北方的桌面，
我坐在一把旧椅子上，慢火车
在窗外远远驶过，在这种寂静
而孤单的时刻，几行汉字开始
从笔下涌出，由溪流成为江河。
伴随这内心声音的鸣颤，你
在野地或高空，传来富饶的水晶，
一颗一颗将时间堆叠为迷人堡，
我们将永居其中，离乡的还乡。
飞游山坳、村镇、沙尘和雨幕，
你站立在碧绿或金黄的圆形上，
（尽管它们已被抹除，连同心）
观看它们如何沉沦，如何枯萎。
我曾在你的身影和声音中学习，
你教会我在不可抗的迷雾里，
要时时记得温柔、谦卑和希望。

6
冬天，当新雪舞蹈般落进唇舌，
牧人也怀抱幼羔骑马归来，
夜里，我们围炉而坐，听他讲述
远方的传奇故事，那时每个人的脸
都平静可爱。这是北方生活的
历史，每一个心灵都平凡且高贵。
我们这群流浪已久的斑鸠，
正被寒冷夺去词语，我们无法
鸣叫，我们将沉默地消失在
边缘地带，成为另一座遗迹。
那时，我看见你落单在风雪中，
匍匐在庭院角落避难，如一粒
灰玛瑙，从仙人的裙裾上
滚落。是的，我曾经想要救回
你，可最需要救回的是自己。
我反复诘问，被困雪中的是谁？

7
于是,我走进风景的背面,
握紧你局促的冰手,随月光
摇摆,夜游的新人终会听到我们
熠熠共鸣的嗓,火因此而升腾。
什么也不能夺走它,即使洪水,
即使岩浆,这声音仍会响彻在
北方,无论低沉,还是高昂,
它会在万物结晶、分解和蒸发的
时候显露自身。当它越过
人类能力的一夜,花朵怒放,
新娘醒来,世界将重新汇合为
一场伟大的交响乐,生生不息。
我仍会在失去和拥有之间
发出我微弱的喊叫,直至死去,
就像你,无时无刻不在北方鸣叫的
斑鸠。

马骥文,1990年生于宁夏同心,曾负笈银川、长春、北京,清华大学文学博士,2021年8月起任教于青海民族大学,现居西宁。出版有诗集《妙体》《唯一与感知者》,曾参加第33届"青春诗会"、第8届"十月诗会"等,荣获十月诗歌奖、柔刚诗歌奖、未名诗歌奖等奖项。

马克吐舟 156	麦先森 161
彭杰 166	秦三澍 171
砂丁 176	沈至 182
施瑞涛 187	双木 192

苏笑嫣 197	童天遥 202
童作焉 204	拓野 208
王彻之 212	王江平 217
王年军 222	王子瓜 227

马克吐舟的诗

• 6首

我的生命是阴影之城

那快乐,涂改着雄鸡的头饰
金属光泽散落如稻米
地底的眼泪总会茂盛地变成牙齿
被尖利得发抖的言语啄食

展翅,是一个奢侈的动作
发疯的女人拼了命地踢着毽子
像用漏风的歌声飞翔的颅骨,光滑洁白
我拂过你的胸脯爬过不断塌陷的山丘

抓牢土砾、碎石,所有可能被点燃的情绪
吐出快要爆炸的两颗核桃,没有爪痕放松
警惕:刀片吸着手腕,一面待烘干的旗帜
派出的傀儡军队打回自家的城池,军号是

破折号。感叹号。顿号。我停在了那里
背负阴影之箭露出刺猬的优雅,替你针灸一下吗
我光明的孩子,替你穿过你太缺乏杂质而贫血
的经络吗?你的哭泣不会发出任何声音

都倒下吧——墙和墙、碑和碑、簸箕和簸箕
都在一个曲面摇晃吧!像尾随着一根蚯蚓就
无法自制的夜晚那样、像我在每一片叶子和海洋上那样
都倒下吧:和我和我血亲的真理们砸响硬邦邦的床

堕天使宣言

总有一天，被注射器扎出无尽岩浆和复眼的柿子
会像鸡蛋摔向铁锯太阳摔向平底锅那样摔在你脸上
在这场镜面炸裂目光的交通事故里，红灯熨烫着同谋者
酒窝中的蜜糖
停——那是叫你
而被淬成镰刀状的虫蛾自火的纤维倾巢而出
划开你每一个毛孔的嘴唇，就像划开一粒粒
等待授精的花蕊，就像
陨石打作雨点的激吻
而你将开放，在恒河碎烂的浪沤中结出沙子般新鲜的果皮
那时，光在单行道上逆向行驶
星空从满身的玻璃渣
看到行将坍缩前超速繁殖的完美
不幸的是
你好像交不起罚单

鲨士比亚
—— 致白尔

据说我也是个热爱艺术的年轻人
可没爬两层，就倒在展厅门口的长椅上
像是撂在上海滩上的一条杂鱼
被你无奈搅做拿铁咖啡的目光注视
画框里也有一条鱼，长着人头的鲨鱼
你说那人头是莎士比亚，我说那幅画该叫鲨士比亚
我们原本也都有力量杀死比尔
用远胜于乌贼的墨汁勾勒海洋的圆腹
却又往往只能像握紧钱袋那样握紧尖牙状的刀柄
抵住胸口，另一头对准比史前巨兽更难缠的绒毛怪
在一面镜子前反复掉转，带着魔鬼鱼似笑非笑
没有准头的嘲弄，将变短的呼吸拴上掠身而过的鸥鸟
天台，酒馆，地铁车厢里，大盘鸡前
你都将菠菜般的神谕吹进岛屿，吹进船夫的烟斗
让奥德赛在一滴工业废水里也照样航行
你的喀尔刻不允许犹豫——
不配冲浪的就做大肥猪
你对猪猡爵士福斯塔夫却保持着即位前的期许
以致他跟风流娘们儿鬼混之时
总会想挠后背，仿佛有鳍

将如五指穿心而出
便也想驮着摇摆的山追逐一条狡诈的白鲸
喊口号的大师兄声嘶力竭
他不允许犹豫——
并为你祈祷
第十二夜，脏腑正中的海难终于微微发甜
据说你也是个爱生活爱吃奇异果的年轻人

雨中曲

你从来喜欢下雨
雨落下来，你的伞也落了下来
所有不够诚实的伞都落了下来

你带着伞
就像带着无用而美的必需品
就像带着我的心
而你离开的时候仿佛骤雨初歇

我想象
你走在雨中就像拂过天空的头发
你被雨水淋湿就像小桥上叮咚踏响的木屐
我想象你听着雨是听着婴儿的睡意

你从来记不起拥抱的感觉
却在那场雨中的阳台抱着我
像是抱着一个被淅沥的爱恋所腌渍的大萝卜

风把我纤细的刺鼻卷上你伏在我肩膀的脸颊
你像是在摇篮曲中那样摇摆、呼吸——
从我洁白如柱的身体滤过的呼吸

那就是拥抱的感觉
那就是今后的所有萝卜
都会向你提示的：
拥抱的味道

又下起了雨

幽　灵

阴雨天气，你的脸上爬出密匝的海带
围住脖子，打上盘卷的领结。墨绿而
居心叵测的温暖使怀春的营养基
变成被绑架的龙虾，向体内的它
举起巨大钳手，切断光合作用般
切断分送粮草的串联电路

阴冷地燃烧。抽调呼入的雾和往复的
血液为升腾的蓝焰，总在声东击西地
发出警告。按压足底，沿肠道回收
扭窜的波形，它栖身的梦穴，培育
腹部一条受惊的河豚鱼。针眼
泄开防火墙，求生的急切臭不可闻

侵夺、占领，被恐惧修辞误释的娱乐
缠绕展布颠覆的优雅；颠覆并不存在
存在于它，不足为一只落单的白袜
悲剧或喜剧的玩偶，扭动豢养洞窟
的城堡。错乱的下水道把时间
剁成一碗卤煮，熏陶历史的隐身术

阴翳的忍者，在返潮的赋格曲中重临
拼死逃出咒语的字词都在另一个路口
与之照面，抖落一身惊颤的雨水
仿佛手机信号传来的深空的哽咽
幸福敲响魅影的暗门，自大的孤独
借一个音符，甩出高尔夫球棒的过肩摔

后人类诗抄

哈勃望远镜对准仿生人的瞳孔
陈年心绪如历史幽蓝
黑洞无垠，吞吃一粒粒
香脆的蚕豆，像在海里
扑通搏动的机械蛹
漂泊啊芯片、头骨
是否把一切推给太空
就能随时随地失重，挺起恒星
的光辉下紫红的肚腩仰泳

接通电极，就获得生存的辩证
理不清说出爱要耗费
多少条缠绕的线路
拂扫睫毛，女高音的唇形
模仿渊深的酒杯：进化哦
发条小鼠喂电子猞猁
卸下又重装的乳晕、阑尾
荣归故里的多余
使现在时被未来整除
藏起一个把数位
逼近上帝的小数点

高浓乙醇浸泡盘如龙蛇的算法
采集裸盖菇素，注入不懂得
兴奋的晶状体，好将飞船的遗骸
看成霓虹下的珊瑚礁
干了这杯料呵朋友
过激的分辨率
润色新生代的单选题：
不膨胀到狂妄
就熵衰至微渺

马克吐舟，"90后"诗人、学者、独立音乐人，美国杜克大学东亚系硕士、北大中文系博士在读。著有诗集《玻璃与少年》，音乐专辑《空洞之火》《篱：马克吐舟的音乐诗歌》《飞内》等。

麦先森的诗
• 8首

山的替身

当手边最后一张纸
也化成屋后老山的模样
我再无话可说,将书架上那只
喋喋不休的麻雀,放生于野
每年冬天,我都执拗地一次次登山
牢记露水滴落在头皮的位置
层层芭蕉叶里藏着松鼠或是一朵
凋谢的花。垂钓者在水塘边
练习抛竿和搓饵的艺术,而刺藤总爱
在迷雾里扮成黏人的恶作剧
上山的小径铺满茅草,看向山下
柔软得像提着油灯倚在木门旁
这里有患病的树、年迈的鸟
似断非断的小溪流和精致的松塔
组队探险的蒿子,可以搭成堡垒的
奇怪石头,还有脚下正踩过的腐烂叶片
而我每次下山,心里总会装满一座
山的替身,仿佛这是我的身份
也是我行走尘世带去的嫁妆

悬空中的某种重塑

若你在两座山峰之间行走
可曾看见倒立的树将种子抛向
天空,庙宇供奉的神像在另一颗星球上
修筑断桥,鹧鸪张开一翅膀的水墨

铺洒在随风晃动的绿色镜面
那些自由聚集或散开的
升腾或降落的粒子,沿着疯狂的
进化链逐一试验。而我正站在
一根透明的脐带上手足无措
需要怎样的水流与土壤才能
承受这些生命之重?怎样的阳光和
空气能够挽留众多灵魂之轻?
锃亮的刻刀,从身前嶙峋的乱石里
剥落而出。而身后是玫瑰盘成的
冠冕和一张模糊不清的面具
一辆马车从镜面碾过,漫天碎片
混合着雨点化成堆簇的木屋在森林里
拱起。陶瓷和雕塑在火焰、刀斧下
睁开懵懂的眼睛,而花草和石头
早已住满七倒八歪的图像。蜜蜂嚼着
麦芽糖从具象的湖面上飞过
残破的飞船躲在水下幽深洞穴里
偷偷搓着青黑乌紫的锈斑

囹圄蜗牛

打开一扇门,再重重关上
空旷的声响回荡仿佛一只蜗牛
独自挂在半山腰。那么
再给铁门加上一把铁锁呢?
这样似乎就有了一座
更坚固的房子。你看着四周如蟾蜍
背部发酵成的墙壁、莫名地冒出
花香。触手可及的天花板上用孩子的
油笔画着云朵和太阳。你轻轻抚平
触角上拱起的草灰蛇线,将背上驮着的
屋子打扫得整洁有序,咖啡因
溶解在爬满茶渍的水塘中,倒并没有
如往常般的苦涩。你看到整个山顶是一座
按满红手印的枫树林,你此时就爬行在
某片晚霞的余晖中。夜晚刮起大风
砂石把房子推倒,你就糊上石子加固
有雨把你狠狠拍进泥土,你兴奋地
大喊这是家的味道。你知道
天亮时,身后那条歪歪斜斜的白嫩的
痕迹是怎么也无法掩盖的

挣　脱

高温中蒸发的神秘
旋律，在松树林里凿出
一片积满碎屑的洞
词语被削去汗腺，挥着
斧头，在木质的悬崖顶端
自由落体。烧焦的松果在瓶口
开裂处浮动，泉水从地下如
烈马般奔涌——流线形晶体
在哥特式教堂闭合的圣经里闪烁
尼克从梯子上跃下，将屋顶藏匿的
披头士，一箱箱塞进从发电厂
偷来的废旧皮卡。锅炉里践行的
三明治，在扬起的灰尘中冷却
犹如攀爬地狱围栏般地决绝
在迷雾中，一群枯叶蝶振动双翅
石缝里垂死的草芥
用新生的叶片，吹响
大山陈旧的根

请　坟

一座大山，被高速路锯掉大半
平滑的切口处，能看到交缠的骨骼与经脉
漫山坟包被聚拢，拥挤在狭小的另一侧
与新刻的碑文一起，继续抵挡世界的恶意

茅草自顾生长，裹住上山小径
夹杂的刺藤凶狠，试图给每一个登山的人
都留下一记划痕。病死的松木被风吹倒
在路旁，一排排油茶是碧绿的防火墙

小雨无声落下，滴在请坟人的肩膀
也渗入被工程填平、泛不起波澜的湖泊
黄泥咀嚼着我们的鞋底，腐烂的叶片
铺在山腰，是一圈肃穆的黑色地毯

我们看望大山，从旧坟走向新家
在坟头插上鲜花，并用砍刀
除去被季节怂恿的杂草。膝盖上
沾满怀念和草木白嫩的汁液

枯

一如我所见
洗碗池下的水管在剖腹后
结石凝固血液,老鼠
在书房的未知地带
用牙齿摩擦罐头
我坐在沙发上,看阳台
摆放整齐的一盆盆绿萝
它们皱着脸将身体
缩进黑暗,而袭入的光线里
灰尘如一条草蛇
垂在房子中央
大白兔在茶几上渐渐疲软
草莓和车厘子瘫倒在
盛满暖气的果盘
鱼缸里那只歪了尾巴的金鱼
再摆不动腹鳍,唯独
在夜里,它泛白的腮会猛鼓几口
然后无声在水面炸开

港　湾

拉开褶皱的内部
四叶草在玻璃窗上呜呜地飞
麻雀衔着晨曦、飘落到
泛白的街道
驱赶那些失眠的树

此时我是,一根漆黑的孤木
在四面是海的床上泡着
风暴。饥饿。瘟疫
唯有一块同样漆黑的石头
让我放下腐烂的锚

荒　原

总会有那么一天
我会认真地摆正自己的身体
将它放置在荒原。我会看着

那些四处生根的稗草和马齿苋
自顾自地生长，慢慢高过沼泽、石块
高过我曾经崇高的理想
这片贫瘠的土地下一定埋着很多
被我遗忘的诺言
我看着它们开始枯萎，低着头回归故里
在那一双双暗淡的眼睛里
是疲惫，也是无奈
一定会有一场大雪，就在它们
即将倒下的一瞬间
抹去荒原上所有存在的痕迹
抹去我眼角未来得及
交出的一滴泪水

麦先森，1999年生于西安、籍贯安徽桐城，有诗作发表于《诗刊》《星星》《诗歌月刊》《延河》《散文诗世界》等。

彭杰的诗
• 8首

世界在头脑中

凉台的隔断门打开，呼吸中浮隐的松针。
当月光从身体上经过，驱逐着我的睡意。
台莱瑟，我想到上次你指挥着建筑工人
替我围上衬裙般，给旋梯安装可靠的把手。

昨晚，还是在这，空气中充满暴雨的图案
丛林被失控地点亮。雨点涉脚走过的真空
在植物探出的手中发抖。如蜡烛渴慕着受燃物
蝴蝶从胸衣中打开自己，为我的想象文满静电。

亲爱的台莱瑟夫人，坐在这写信的时候
再一次，我认为，小镇就是我的身体，当月亮
升起，操纵我记忆中的一些人，在街道上游荡

是那些令人迷惘的家具在相互注视，揭开
夜的眼睑。一个星期天的房间大声背诵着自己。
阶梯式雨声的抬升处，世界的肉帘幕一般垂下。

晚　宴

节节衰弱的夜，树荫
从中召唤茂盛的海潮。
迟疑的脚，转梯身姿躲闪
终止于积水的滑落处。
还没有一种注视已经完成。

太快了。心思见针成缝
隔夜勾勒我的孔雀胆。看
你如何将松针的呼吸，刺入
听觉的晚宴，如何从
水鸟照过的房间，握住瓷瓶
如握紧你轻柔的舞剧。

夜空虚擎着的，烛焰险照
狡黠如新月，失神涨退。
花的执行者：美在重叠
扇面展开，身体昏密
全都指向是或不是。①

　①取自霍普金斯。

失　　重

毫无防备地，果实酸涩的手
握紧离弦的一刻。是谁替代我

将白昼的波纹拧紧，徒手用空气
修理你呼吸内百叶窗的纹理。

一直是为松枝消音，让末梢
瞄准葳蕤易折的险境，

像烛焰的脚寻觅着落点。一直是
树影中埋伏的鲸群，翻身倦睡

推动劳作的细浪，还是将锚索
垂向肉的阶级，打捞失重的偏头痛？

密林区

从这里进入，灌木向四方伸展
修剪星辰的余声。场景跨过
重力的起伏，像花丛的反光
戒备着，永夜般充斥彼此的凹槽。

忽略到处的迹象，昆虫的音质
布满灰色裂隙，迎着下坡风
伸展脖颈，对抗林木蔓延的斜角。
如环顾家庭的展览，被取出截面

鸟群分配色彩，避免即将的丧失。
积水在视野中不断刷新，战栗着
等待雨水腾空地板，每个到来的脚印
都包含无法妥协的对抗，从上空

倾听彼此夜晚的泥泞。我们也曾
凝聚，而后属于树丛间逐渐消失的
动作。想到万物的不平均，催促着空气
穿过厅堂，铜铃般的迟疑，你水银的署名。

夜中入禁航区

窗棂悬满鹤唳，深月裁开之处
松针上久置的镜头，紧张地交光。
天气把控出行，汽笛拌嘴，对视
似潮汐耸肩，向折叠影报借来低空

施展内心的雪景。早交上减价头颅
风暴又忽至焉，灯塔蕴波色文身
满心捞取珊瑚的噪音。擎搜索马达
沿禁航区徘徊，夜黑黑可闻蔷薇色？

所有人都做相同梦。持灯入琴弦
横算星河失筹，来往剪影皆作样板戏。
树尖染粉，直至激腾深青的孔雀云
舔几瓣失神黑铅皮，玉弧绕满王公声

谁能掘来闪电，溢满穴室的听觉
唯道中托于火光曳满脚踝的姓名：
基路伯，撒拉弗。在但丁的位置中
疲倦地裸泳，"你亦不能上岸"。

沙心区

雨水的离场花费三天,他用了半小时。
云层移动植物的感官,折纸般相互隐匿。
邻座读取空桌,絮语切割遭遇,到窗外
树枝耐心地热身,距离被电网擦亮。

手头还剩什么呢?青年后奇遇并日常,
共催往事间长夜。耳蜗中滑落的预感
如昆虫消食着声音,抵着工作间日程
发出强力的邀请,夜空代替了他的脸。

喝酒,打牌。逝者的冷扶住眼中潮汐
或面临体内叛离的海岸,提醒自己
从一天的波光中起身,卸落满身倦鸟
羽翼温热,是山城环抱,发动车厢震颤

玻璃形成的过程,列车返回群居之地。
刹那的茫然,席卷靠岸后熄火的卵石。
无所谓必要性,松针尖端漫长的归途
车站外橘灯还原,将携他重返一夜。

山雀区

你能想象,山雀在枝头轮流站立数十年
就为了分辨出我们的到来,再扑棱一下
飞走吗?那些完成而无法辨清的事
像漂来的人。现在雨水算完高度,

持续落入自身的尽头。可解决的事情变少,
砝码却没有移除。富裕催动水面的不安,
植物的夜晚,生产的空气与花费的空间
在账单上不成比例——压舱石被抛出

在箱式地形的内海中,泻尽所有的重力。
你我总说服自己不是其中的一员
因为取消,获得了编号与所有的形体。
花朵转梯般的嗓音,持续了好多晚上

还没有想清,在什么角度停下。
戴毛线手套的狱警,正好从菜地边经过
看见光线穿过走廊,像一次微型注射
尽头的画像显露出疼痛,像人类一样。

万物区

吊顶上的藻形纹饰,目视落下的灰尘
有时也坐下来,和他一起打几把扑克牌。
他追更、刷战力,聆听冰弦上悬停的海
涨满,只一阵抖动,就从双手中释放。

鸟鸣像一个名词的范围,从林间照过来
转授听觉中的枝杈,每一声都是此刻
彼此的尾行与结合,星辰般涂改着自身。
而所有的夜幕都是古代史,如此耐心

黑暗被呼吸阅读。阶梯走回自己的位置
复制空间感和水银般的重力。总是这样
万物窃取我内心的想法,并藉此成形
野火是被失明修剪的花丛,而所有奇迹

都包含碳化。旷野中严重的空旷与平坦
由每一个行人承担。你知道,也期待着
途中的雨水交还姓氏成为海水、湖泊
和潮汐,与你我不再具备固定的距离。

彭杰,1999年生于安徽六安,现就读于首都师范大学中国诗歌研究中心现当代文学专业。诗歌及评论发表于《人民文学》《上海文学》《十月》《诗刊》等刊物;曾获光华诗歌奖、东荡子诗歌奖、全球华语大学生年度诗人奖等奖项;参加过第十一届"星星大学生夏令营"、第九届"十月诗会"、第九届"《中国诗歌》新发现诗歌营"等活动。

秦三澍的诗
• 6首

低　空

不会更高，是失去海拔的夜空，
是距离，从按门铃的指尖
压住深陷于食物的发烫的勺。

是让人担忧的餐具散出冷光，
把双份的病症，搅拌进数月后
咳喘着向我们举步的雪地里。

是勺子用金属的舌头卷起
碗底凉透的白粒，是一次外出
摇醒它：犹豫以至于昏睡的定音锤。

是脚，是离开的必然，让位于次要。
是天真的纤维，你显现它
只能求助于夜空替你掀开眼睑。

是你的手拧动另一种潮湿，
仿佛将要丢失的躁意
透过门缝，扶正屋内折断的香气。

Stance #1 (Fibrilles)
——为王一丹生辰作

没习惯这个，习惯了节目变节日，
似双狗的手[①]咬坏了氧平衡；

妙龄那侧有一条不灭的趋势——
器皿外，翻滚的桃子不多且多余，
你踩空的趋势像一个器皿。

果核在未调取的图层里干净地南移，
它带着意义却不断说"狗
也似手呀"；呆立在脚尖，
桃子是犬牙剔掉的一个干扰项，
除非抢修过的轮廓也很慢。

　　①化自R.M.Rilke的"Du Berg, der blieb"诗。

云声带

夜很匀。地再潮也要俯下去。
嗅觉承认它是失效的。
街角通电的柿子摘除了焦味儿，
等距地，陪我骑完与乞丐相逆的半程路。
他问，手慢慢摊开像清白的信：
"先生，最小的硬币也行……"
腋下夹纸盒的男学生（他偷窃？）
从镜片射出对警察的审查；
抱歉，你的疾行无法在罚款单上变现。

小猎犬狂吠。女主人道歉。
有密码藏于记忆的醉少，手电光
揉着下一场乌云腼腆的肚子。
但手术刀银亮的女声在同幢楼的三层
激怒了阵雨。惊掉腋下的纸盒，
叫停清白的手势，后者转而舔
月晕圈住又摇匀的一层墨。
飘窗垂帘梯子，邀我们这免费的听众
一睹半裸的歌声在浪尖停摆、
上扬，像沉到海底的座钟
被鱼钩崭新地轻挠着，不情愿
将身体一丝丝与青铜分离。

但她的嗓音让我听出一副精钢刀叉
摔在地上前，已裹满了油。
楼下顿足的醉少何不愤而爬梯、电光
鱼叉般质疑她的瞳孔？

他错误的手将声浪的齿轮摸坏。
一个新人，他，瘟疫中被剧院驱赶的
健康的小丑，把人心的弧度
当吊床无休止地摆着，直到警笛
轧住声带的半衰期。
变浅的蜜悠然呻吟着"父亲"。

逆　鳞
—— 赠齐悦

他脱险的可能性很小。被叮咬过的噪音继续往低处滑行，适应着这个新学会的动作，直到它适应了补偿无法升级为"圆形补偿"的事实。

他与它成了彼此的顾客。反噬作用下发酸的牙齿已经在欣赏它的釉质了。再下滑一点，我们看到的将不是最微末的荧光在幽暗里无望起伏，而是过于白的物质被另一些白终止。下滑到一个能让礼物适时弹出的戏剧性的位置。

*

他不会机械地按成像原理把绿衣服挂在舞台上，虽然气候给他的活动范围并不小。他留下一个帽檐，以防受弹射的误伤。"我运动，但不会远离"，他刚听到的噪音似乎是从喇叭里播放的，但很难想象不是整整一组喇叭围成完美的圆形。

果真那样的话，事情会容易很多。他早年临摹过的模型里，鳞片都是正圆形且圆心已事先连缀在一起；逆向的事物的确是可逆的。

所以，他并不畏惧、甚至故意在人群中做这项实验（但不至于太显眼）：他希望他本打算拔出的椅腿能假装是被自己绊倒的，但最好能真实地躺伏在地上，对抗它有限的视力能捕捉到的最多的绿线头。它视线的边缘轻擦过马蹄和警靴（并没有协助抓捕）。有一些徒步者的裸足，像好闻的旗帜沿着路线图播撒。

他不得靠着同样不愿离地的椅背，他的背部也深受后者的影响。他的视线几分钟内就挖凿出一小块圆形东方皇家的围猎场。他第一次发现厌食症少女果然比乐器更适于覆盖着少女，即便比漏斗更尖刻，继续在音量擦洗过的目光里。

相对少数

别这样。别用一个病句央求我。
完美的心不许睡进更多醉人，
只一个，他已觉得受够了剥削。

他比经济更深的学问愤然
扭动着，像急于报废的蛇的语法。
　　　　　咳！你不会不清楚
你依赖、反而报复你的惯性
恰是你偷偷撬走的那个。

对这般闪失，我不准你自称你，
　　　　　interior intimo meo；①
被解除的玉肩悄悄分泌玉，
我要你善始善终紧张到发酸。

发酸不单是凝视着蜂腰；
我用逼视为你装上一副新的眼睛。
我变法，虽然……是个咨商。
最暴虐的时候，我不管交换律
对你显示出云梯（哪怕转述）
　　　　　还是绕颈的彩带。

直到视线触及下限和警报，
才瞧见伏地低泣的是个抱头者。
直到我心软纵容耳形的勺
舀住声浪中最弱的那个，
　　　　　它为他奋而讲解死。

我分不清耳与耳形、浪声和浪。
你、我，两种变凉的动物走散，
　　　　　喷泉般羞赧。
你手中调低的玉像迢递的一个例子。

　　①可大致译为"比我的内在更内在"（奥古斯丁《忏悔录》卷三）。

论水面的道德
—— 赠陈雅雯

太晚了,蝌蚪睡进蝌蚪群的黑。
寂静,是未来的幻肢在梦想中
搅动月影。集体的呼噜彼此抵消,
旋入夜的消音器。

从无到无,水将白昼的逻辑锈住。
喷泉的舞鞋,踩灭楼梯间的昏灯
一盏不留:像少女倒立又像少女失灵,
鱼钩般挽起一尊周全的银脸。

地址不详的铃声能震碎浅梦,
让鱼愤怒地翻身,驮着夜的取钞机
归还你预存的碎银。休想逼它
患上万能的偏头疼,咬住那一刻钟。

镜面急促地喘息。同一个位置
酸气推着琴弓,锯出更多泪珠的前身。
它掉头,夜的银兽睁眼并跌倒,
给你看一对涣散的知识!

秦三澍,1991年生,现居上海。巴黎高师法语文学博士。出版有中文诗集《四分之一浪》和近十部译著。曾获柔刚诗歌奖、人民文学·紫金之星奖、未名诗歌奖、阿尔勒CITL国际翻译家驻留计划等文学奖助。

砂丁的诗
· 5首

玄武湖之春

是成片的云霓笼罩四野
以至于分不清山和湖的颜色。
你见到他时,玄武湖恰逢春雨。
赶了一下午火车,你站在出站口
呼吸新鲜的空气。恰值清明,天候
不那么寒凉了,时局看上去也没有
从前那么糟糕。1923年,你刚从莫斯科
回来,意气风发,在上海的大学里兼
一两堂课。你没闹恋爱风波,是整洁的
新男子,每天把胡须刮得干干净净。
黄昏之后,湖面升起夜雾,你打量你
苏俄制式西装,是否沾有水汽。
他刚来时,面如朝开之花,手抱
凉薯。他早已穿旧的灰布长褂衬得他
异常消瘦。尝尝,刚上市的,个儿大
味甜。手也不擦,他就带你到这湖边的
城墙上散步。你记得留学前,你们
最后一次在这片开阔的水域划船。
他总是最木讷的那一个,春雨欲止未止
不打伞,偏偏坐得笔直,逗得船上
三两个女学生憋着气儿笑。那是他做
小学校教员的第一个假日,他用尽
全身家当为你饯行。汗也透了,雨也透了
亲爱的瞿先生,你可知这是一座

雨水围护的城？你看见湖边垂钓者
钓竿排成一排，像吃了定心丸
你快步道别，走进火车站。
你曾无数次搭夜车来回沪宁之间
却从不记得下车去看他一眼。
现如今，你们站在倾颓的城墙上
看湖岸零星的渔火。天风吹过
城郊的夜气凉得很快，他抱拳
哆嗦着看你，不曾提及年少时
困苦与共的艰难日子。翻山越岭
这么久，似乎只为再看一场玄武湖的
春雨，这南京城多毛的手掌
云雨之下起伏的呼吸之绿。

理发师

当理发师看着我把他那不算大的
温暖的手掌按在我的脖颈上我感到此生
再也没有失败过。我注视着这双
手，这双毫不修长，对于理发师来说显得过于
粗糙的手。他问我，你热吗？需要
来一杯吗？他两日没刮胡须，胡须从
上嘴唇一直延伸到下巴。他朝我笑笑，有点
不好意思。他看上去不到二十五岁，他的手
在我乱蓬蓬的头发上揉着捏着，很快它们变得
简洁而轻柔。他笑起来，你知道吗，他说
在乡下，我可是短跑第一名，拿过奖杯
我从没有真正悲伤过。我站起来，在镜子中
打量他。二十岁我离开家乡念大学，是个
单纯、固执、头发浓密的小伙子，有一双
充满才华、力量丰沛的手。我付过钱，理发师
突然喊住我，别忘了伞！伞，这把我从没有见过的
陌生的伞击垮我。雨水，它们不会落下来
就算我打开门，冒雨走出去。

石　榴

他有时驾车来，在很小的
地级市的机场里见上一面。
面对面坐着，三个人，又或是
两个人，人影寥落的小咖啡馆里喝
人造、速溶的咖啡，不问候
彼此的姓名。年轻的时候
他穿与身围完全不符、过于
宽大的格子衫，戴电子表
男孩女孩环绕他，给他
买电子游戏，在市中心的十字路口
旁若无人地牵他的手，好像很近
又不近。"我并不喜欢这个姑娘。"
1997年夏天，他去长城，搭顺风车
同道的纤瘦、头发烫卷的男孩
陪你在帐篷里过夜。牛仔布裙子
旅游纪念衫，吹口琴的南方
女孩，混在塑料凉拖、弹吉他的
人群中间，陪你过夜。你写信来
在风和日丽的早晨，说不会
南行了，就留在北地的城中村
种花种草，租一间南北通透的小室。
"我想我可以去小公园散步，看湖上
鸟群的聚散，不至于掳走一些
消逝的光阴。"后来有跳太空舞的
男孩来宿舍，沉默着，把巨大的
晶体管收音机留在你的桌上。
"他还欠我一支歌。"吹泡泡糖的
女孩说，在你的床上坐坐，又
起来，寥落地走来走去。
只有两分钟了，我站起来
手心微汗的潮热被你握住。
值得眺望的是我们在
运动中，就不知身边
奇妙的静止，不至于接近
一种落败。二十岁的时候
我们在风雨里打球，喝

冰镇汽水,汗水直流。在出国前
你说你会回来,另一个人
摇摇头,三个人,又或是
两个人,在登机口灯火迢遥的
暖风里招手,轻轻将我抱住。

像雾像风又像雨

有时候,他突然想起来
曾经在你家里,喝酒,聊一些
和姑娘一起做的荒唐事。有一个
男孩,穿很短的无袖衫,窗帘开着
逆光的光影里,他看向我们
却看不清他脸上的神色,薄暮里
是否带着欣喜。在客房里,读写都
倦了,男孩回头,在暗室里
一切的界线仿佛清晰起来,皮肤
有些粗糙的纹路,也有些老了。
有时候,你们躺在一起,什么话
也不说,我并不清楚他的名字,却问
另一个人去哪了。一群喧闹的客人
聚集在小小的客堂间,电视开着
又喝酒,自顾自打开油纸袋吃
自带的食物,听见玻璃瓶撞在一起
响起噼里啪啦混杂的声音。或坐
或半躺在软沙发上,安静地看
午夜节目,不问我是谁,也不问
你们俩。偶尔,在半醉半醒间
我去向你的房间,但需要穿越他们。
我还记得,在一个很早的清晨
我们起床,我们三个人,躲在一个
坏了的电话亭里,我亲了你
他也亲了,他亲你的方式
和我不一样。我仿佛一下子
知晓了秘密,离开亭子去抽烟。
我说,他是你的新男友吧?你没
说话,却点点头。更多的客人

打开冰箱去拿酒,一个叠一个
跟跟地拖着步伐,并不知道
也许这是最后一次在你家
最后一次陪伴你。像雾像风
又像雨,他有时就在上海早晨
逐渐清冷起来的空气里
漂啊浪啊,迂回地走来走去
撞在马路牙子和路边小花园的
白色栅栏上。风一遍遍提醒他
这是新的世纪,你身边的女孩
脱开围困的季雨、庸常、内疚
一个一个离开你。忽上忽下的噪音
并没有将你们唤醒了起来,头发
略有些苍白的男孩,他那么
无言地抱着你,宽阔的胸肩握向
你的手臂。窗外的市声渐稀了
细弱的鼾声小山一般漫过来
这是1999年的圣诞。

旗

更像是两个在野地里巡游而
失去了联系的人。浪被激起了,金色的
荆棘的针芒刺过他们淡紫色的皮肤。
这风凉的气候,似乎在更远的一点地方伸展
路隐没了,蜷伏的斑鳞卷起周身密集、伸缩的孔洞。
他在哪儿?你问我,他们曾平躺过的
江边的野地里,他们曾跳跃过的溪流的中央。
像两个桀骜、戏水的人,从更深的泉涌里
像赤身的海,在暝色里汇集潮汐般动荡的火焰。
有一些人沉默,有一些人把遥遥的晚灯点起。
远山浮起安静的轮廓,四野莽莽的低语
把人间的事情轻柔地压伏。有一点点的声音
坐在稻浪的针尖上,从更深的地穴里卷起、铺排而来。
终于,他们在野地里打起灯笼,火光映照在
昨日不曾亲密的脸上。他在哪儿?你问我
试探的语气里有惘惘的不甘。奇异的

是这郊外有无名的巨大，把人的渺小松松地压垮。
而更多的火把燃起来，那迎着风帆的
是火和海的旗帜。他在哪儿？那消失不太像是
真实的，远处的声音也仿佛悬浮在半空中。
更像是两个从未相熟的人，也不赶路
把黄昏和暗夜交错时窸窣的扰动
聚拢在这无人、静谧的山谷。

砂丁，1990年出生于广西桂林，北京大学文学博士。曾任同济诗社社长、北京大学五四文学社社长，获得过扬子江年度青年诗人奖、时报文学奖新诗组评审奖、未名诗歌奖、光华诗歌奖等奖项，出版有诗集《超越的事情》。

沈至的诗
· 6首

点石成金指南

我一眼就看到你。乌煤般的童年，
我们不说话。你拍我时，
肩头很神秘；没见过雪的我们，
也曾为了变得不同而着急。
不论如何，这首诗，总归还是总结了
我们如何从泥坯化身氯气；
消毒液，洁厕灵，而试管中的雾，
我们把它叫作机器：每天
我们都是如何擦拭自己的身体？
十四岁，我第一次正视月亮，
第一次透过镜子，在我的背光面，
找到了陨石的痕迹。我不确定
事情的真实性，但一个老人，
他总把我叫作另一个人的爱人，
他说，只要我吞下嫉妒，那块
不可能的石头，皮肤就能再次光滑；
我一度把胃别在腰间，虔诚至极。
你是否惊诧于我的迟钝？
那在光下沐浴过的，就不可能
再被水所清洗，我的锈迹很深了——
收集玩具的男孩，也收集破损的容器。
他说，"借我些铜吧，让我刮下
你脊柱的碎屑，让我刻下你
肚脐旁青色的吻痕——
我是所有诗人的诗人，
没有我不占有或诅咒的名字。"
你抚摸过树皮吗？或者鹅卵石？

你的手镯，云的坟墓，让我们痴迷的
冰冷，也不会柔软于玉石俱焚。
我不确定事情的真实性，但
我们保持的缄默，正让某个词
变成枯木上的一缕烟——
你的白银镜子，能否反射出
我被烧毁的第二张脸？
"他们的童稚长达百年，
他们鲁莽且危险。"

寻找踏水村指南

能做的，就是找到那条河。
它宽阔且湍急，即使那多半
是因为我年幼的瘦弱。
钻出洞子口，我们像一把
伸入沙河源的钳子，右手边的
牙科诊所，你第一次连根拔起的痛；
左手边，那被绿栏杆围住的——
朋友，你说是，那它就是，
即使水清得能看到河底的石头。
我记得的与你不同。
那个弃婴溺亡的下午，姥姥
给我一块拴着红线的玉，
让我至今不会游泳。多少次
在欲望面前我抬不起头：
道德，也就是我的乡愁，踏着水，
穿过雨后新起的浊流。它追逐
一只手的重量，它的神秘主义，
神秘于如今地铁开过春天，而母亲
曾经用春天抚摸过我的头发。
我记得另一座标志性建筑：
蓝顶水塔。真的，回家路上，
多少次，我在立交桥顶端瞥见
它和飞碟的短暂重叠——
而我又折叠过多少午后的彩页。
枣红色大门的背后，花园
用缝隙测量过我对海的渴望——
我窥视过我的一生：
门外，整整齐齐的海马部队，
每晚搬运睡去的人们。

比喻来自午夜的失眠指南

有时候，生活恰恰繁茂于
一些毛发需要不断被修剪。
在那种时候，你对耐心的比喻
统统来自午夜的失眠。
睡眠的窄门，一般只容许鲸鱼通过，
那些被挡在门外的，就只能
抱怨自己的手脚太多。也就是
在那种时候，你明白了，再偶然的
重逢，也不能让童年在你身体里
尖锐地醒来：尖锐，你记得，
磨损于你第一次看见蜈蚣。后来，
我是说后来，它又磨损于鞋带
一样的蛇。这之间还有过
几次温柔的背叛，你记起它们，
就像在雾中吮吸冬天的指尖：
今天下雪了，你还要继续
用鹅毛来比喻温度的纯洁吗？
羽绒能划定寒冷的界限，但你能
保证不翻看四季的结局吗？
如果你惊讶于迟钝的完整，
昭示未来的比喻就变得像针。
要打破你的固执，就必须热爱
你的敌人：它们把缝隙无限放大。
它们有时是你清醒的生命线。
它们现在叫电话过去叫风。

把黄鹤楼写成一首诗指南

—— 赠涵平

小时候，我应该也去过黄鹤楼。
我童年的房间，还有木头的小模型。
搬家时我弄丢了。枣红色的塔，底座很重。
武汉那座我没印象，但我记得它，
正如我记得烟花、三月和扬州。
有些东西，重到它可以很轻，
像你我身上背负过那些词，
像从前烟花点燃的二月，一转眼就过了。
剩下的火柴，我们用来点烟。

我还不知道黄鹤楼是多少钱一包,
三月就已经快烧到了底,口舌很烫,
脚底仍然冰凉。在这条你借给我的甬道上,
扬州是一块柔软的石头,而你的话,
让我相信城墙的背后的确还有墙。
你随便一指就是一座碑,有字的、无字的,
都挺拔得好像我从来就没有过故乡。
它们是雾也是扎进肺叶里的针。那晚,
你提议,要我把黄鹤楼写成一首诗,
一团阴影就逐渐拉长成形。它吞食
我看到的每一个灯笼,每个窗中
的剪影,从每个傍晚都偷走些金色,
直到今天早上,它的飞檐伸出了梦境,
刺破每一个我们吹大的气球。

可能的世界指南

我已疲倦于营造如此的错觉:
你再见到我时,就好像
推开了两个紧挨的词。
你面对未知会且只会微笑
一次。为此,我在每座
你没去过的山前都装了扇门,
以便你用猫眼窥视
我生命中的花豹,
和它比礼貌还圆的斑纹。
我在半山腰放飞结论的气球,
证明我的确是来过;
我扔掉了所有的钥匙。寓意
失去了的你还能再失去
一次。所有曲折的小径都
通往你已被暗示过
瀑布倒流的意思。明白了吗?
起源于凶猛与汹涌间
幢幢树影的你登高的冲动,
才是实际构成了你我的虚指。

走出屏幕指南

你迷恋它时，它也孤独着你。
颜色绚丽，意思是温度
你最好只能看见。它打磨你的脸；
你伸手，就好像只有坚硬，
才能温柔绝美的瞬间。它是你
掷向沉默的榴弹，滑动手指
就能把它点燃。但别恋战：
隐秘的通道一旦被焚毁，
即使是前线，也一定会在某刻
安静得你已不知道自己是谁。
它就教导你，唯一的满足是永不满足，
它变出的世界，往往能丰盈
好几个四十年都走不出的下午。
心离悬崖的距离将以秒计。
你起跳的姿势会很迷人，
就好像永恒已羞涩了你的恐惧。
很难说我落水了几次，
但我逐渐坚定于我的预感：
当我告诉你如何走出屏幕时，
你也正教我该如何走出这首诗。

沈至，青年诗人、译者。1998年生于成都。毕业于英国阿宾顿公学及牛津大学心理学、哲学与语言学专业。诗歌作品散见于《诗刊》《扬子江诗刊》《诗歌月刊》《江南诗》《草堂》等刊物。获2021"诗东西"青年诗人提名奖。

施瑞涛的诗
·9首

风雪之轻

落雪的日子里,我诚实地写下
幼齿的动向,像一次萌发
在痛感密集的云朵上,针尖般
闪闪发亮,还有另一半可能

似乎就快露出锋芒,更大的雪
正在赶来的路上,坚硬的事物
总逃不过被柔软覆盖的命运
这荒芜的田野,鸟衔着骨头在飞

哪里都是谷仓,哪里都背着故乡
卡在喉咙里的鱼刺,无法对着亡灵歌唱
那片众神向往的牧场
也曾埋葬过来不及撤退的黄昏

背光处,枯木和虫草在策划一场革命
空气输送来重叠的影子
在更远的十月,风暴还未开始
已被镇压在爬满青苔的米粒上

没有一朵花是干净的

首先我不是干净的
当然这其中也包括你
一颗种子,从土里逃出
谁能保证这个过程是干净的?

那些被它踩在脚下的种子
那些吸收不到阳光的种子
消失在幽暗的通道里
甚至都没有说话的权利
雨水总是偏爱柔软的一面
没有一朵花是干净的
一些花朵在开放之前就被践踏
一些花朵被蛇虫所青睐
一些花朵的身上沾满泥巴
没有一朵花是干净的
即使它朝着天空，随风摇摆
装作一副自由的样子
即使它红艳遮日，香飘四方
花托已经腐败得失去信仰
你看，只要一场小小的雨
就让它的虚伪彻底暴露

失群的黄昏

更多的时候，我坐在墙角
半躺着，不和晚风对话
目光冷雨般注视着天空
那些飞旋在半空中的鸟禽
发出叽叽喳喳的叫声
像在歌颂天边火红的人世
如果可以，我希望坐得更远
做一只说话结巴的喜鹊
或者一生洁癖的乌鸦
在清晨时分，绕着村庄鸣叫
即使被猎枪瞄准在山林
被人类打入信仰的冷宫
有些生物，注定朝着相反的方向奔跑
在低于生活的空气里发声
我的目光，在灰暗中刺穿表层的虚浮
手脚却被时光束缚
发霉的身体长出一棵杉树
黄昏向后退去，此刻的村庄又冷又硬
黑夜发出均匀的喘息声
所有的生长，都是为了等待
一匹脱缰的野马，由南而南
在树下，抖落一身金灿灿的月光
用本能的嘶鸣，打破整个冬天的谄媚

炊烟以及啤酒花

终于,你还是决定把盖子掀开
白玉兰、红鲤鱼以及三月的雨水
瞬间向你涌来,视线里的远山
慢慢变成了近物,多么具体的鸟鸣
将过去的涩果催熟,身体开始有了影子
有了沉静的气息,即使缓慢
日子也不再琐碎,一个跋涉的人
找到了隐藏的钥匙,像青绿色的舌头
去吻两片合适的嘴唇
在这里,疲倦可以暂时停歇
炊烟以及啤酒花开始了飞翔
漫步在及腰的草丛间,没有人和你交谈
头发被阳光一再地抚摸
院子里,那只慵懒的猫,捋白了胡须
没有原由地,瞳孔里充满了盛宴

清　明

江郎山以东,墓碑字迹模糊
发痒的骨骼,和春天谈论天气

酒在路上,肉在路上,而此时
一只黑蝴蝶戴着老花镜,排列着你的出生和死亡

刻墓碑匠

刻墓碑的人雕琢着别人的死亡
他每刻一个名字,就吸一支烟
有时候身后的一声闷响
也能使他感到慌张
这么多年了,钻头磨了又换
坚硬的字迹
每块墓碑的价格,他都不敢多拿
关于死亡,村里唯一的知情者
夜里的风朝着两个方向
偶尔倒杯烧酒,喝一口
另外的洒在墓碑的中央
世界的某个角落

一声新生儿的啼哭
他说等干不动了,就回老家
半个世纪前的破瓦房
和一盏旧月亮
而此时他专注于别人的死亡
眼前是沉重而整齐的墓碑
身后是一望无际的村庄

那个爱我的男人,老了

隔着门缝,老花镜已经爬上了他的鼻梁
那个爱我的男人,老了
年轻时活跃的思维,偶尔也开始罢工
手臂的关节,也有了衰老的痕迹
那年他亲手种下的桂树,在寒风中
给春天写信,一年瑞雪
花朵可以开得比去年更加芬芳

经过客厅,我尽量压低脚步的声音
我怕叫他一声爸爸,会使他的记忆一阵惊慌

暗夜:夜雪骤至

想象中的雪提前到来,未靠岸的船
被困在湖中,从你的眼神里
我读出薄薄的雾,在湖面上蔓延

相望,却无法靠近,底部
被记忆一层层击穿,破碎的倒影里
忽远忽近的山河,在你我之间重叠

为了等待一个明媚的午后
全身的食粮已快消耗殆尽
袖口里仅剩的麦粒,正和隐匿的阳光
做着最后的对抗

长久的起伏,牙齿加快松动的步伐
风色灌进身体里,候鸟随时可能逃离
潮湿的日子,沉默中藏着无辜的疼痛

孤寂开始苏醒，在干瘪的月光下
我要如何喊出你的名字
来陪我度过这个漫长的冬天
在幽深的通道里，用残留的温度
将雪人堆成你的模样

干净，来看你

我问你："十一月，有多白？"
比如今夜的月光
放进熟悉的事情

就像孩子一样，我爱着
下一个春天，新鲜的阳光
叩响我没有上锁的门

穿干净的衣服去奔跑
淋一场雨，沿着最遥远的路回家
把往事洗掉，再晾干

活在这秋日的睫毛下
怀念远方的花园
我们没有时光投来的光亮

施瑞涛，1991年出生于浙江江山，现居杭州、野外诗社成员，作品散见于《十月》《中国诗歌》《作品》《江南诗》等刊物，并入选《2011年中国诗歌精选》《2012中国诗歌年选》《2012年中国年度诗歌》等选本，著有诗集《丁香集》。

双木的诗
• 14首

长江抒情练习

江面宽阔如巨幕,波纹由远及近
推向抒情的腹地。石桥下的滩涂

不断制造水的叠音,押中心事。
唯有长江知晓,无论桃花盛开与否

我们这一代人,春风一到
便要远离故乡。

梅峰观景练习

游人涌动在山色之间,杜鹃烂漫
如春鸟的红爪印。从松针的构图

到游船的镜像,我们眷恋的湖光
不断在抵消无限的厌倦的抒情。

一位青年的自我批评练习

晨雾织网,寒气还未消尽。
正如年轻的我们——
既无法脱身于倦怠的事物,
也无法准确界定生命的动与静、悲与喜。
仅需一只扑入眼帘的幼鸟,
便可令我们春心荡漾。

西湖印象诗

过北山街,日子都在岸上轻盈不止。出游的人
在西湖之上,收集风景的云。且在夏日沉沉的

孤山远影和新荷的无穷碧之间,我们的湖光,
摇曳成灿烂的时代,而南方迷于水中之闪耀。

少　女
——为北鱼和他的Z少女而作

我们围坐圆桌,交换语言的迷雾,亲切的少女
正以鱼的形状游入城中,摇一树桃红。当以夏天

最轻盈的部分,忆起永远的少女与一九八三。
她那年轻的鳞片,就已在我们之间闪闪发光。

雪中短歌

今夜风雪不止,我们将拥有许多的云。
在草地,在屋顶,我们乘云而上。

云间的所有秘密将要掩入雪中,他们好像
站在新漆的白墙内,等待押韵的雪域在此隐现。

城西即事

蓝色巴士从迷雾中疾驰而出,
城西广场已开始虚弱的老年保健操。

他们在树下重复出现,准备赶往
城市的中心,云层紧锁的理想重镇。

我此刻想起菜场的鱼苗从池中跃起,
那些悲喜翻涌而来,万事无法着陆。

即便飞鸟低空回旋,鸣起歌谣,
寂静的周围,也依然不动声色。

晚间雨

晴川街的晚灯在雨中稀松如爱人睡衣上甜蜜的圆心。
我们撑一把缀满雨珠的旧伞,进入本地口音的社区,

地上杏叶生花,宣传栏贴满招租广告,那些果树里
的经济适用房缓慢吞吐潮湿的黑。我们从异乡来的

都在这阵雨中快速成为相互的声响,只有秋风之间
窜出的动物们,才使我们微微收紧夜晚虚晃的镜面。

苏州游记

我们像年轻的鱼,游进苏州的腹部,
见到的人潮比梦境的芦苇更加紧密。
晚钟在慢慢吃我,园林的秘密再次
赋我新词。

姑苏、姑苏,我是巷子里躲雨的人,
从未身在城中。运河流经的地方必
流经我,那里芳草茵茵,水声如谜,
约等于大半个南方。

从一个黄昏乘车到松弛的夜晚

竖立的广告牌下,
人群低矮。

进入星期一的人们,
逐渐在路口分散。

红绿灯亮起,
一排排店铺向月亮打开。

许多人都已准备好,到新夜里
去疗伤、亲吻以及感受起伏的孤独感。

只为不再没有血色地
从一个黄昏乘车到松弛的夜晚。

大　寒

雨下得急。湖面浮起的夜色
为水珠所击穿。周末因湿润而消退。

那些陈旧的人、焦虑的人、透明的人
从东坡路到庆春路，不断加快雨的摩擦。

我。雨中赴宴的人，始终也是其中的一个
同样无法制止一滴水的坠落。

礼　物
—— 赠友人卢山

潮水向岸边涌来，欢呼声
足以撑破南宋的白色浮舟。

而这一天，人们往返十月的江雾，
准备晚餐，收看节目，聊聊薪水

和八卦新闻，本地小区也将迎来
一批新的异乡人。他们在出租房里

庆祝节日，忙于琐事，反复修剪自己的羽毛，
不断修改家庭住址，并紧紧咬住三十岁的牙关。

倒叙：给所有的亲人

洪水退至江河，回到山上，缩小成雨水
在树叶的尖上作响。雨声渐轻，一排排

水滴往云里钻，亲人在院子里拍打被子，那时
还未有一滴夏天的雨水猛烈地在河面打出圆圈。

困在笼子里的人

天没有蓝,这里的云更硬一些。
热风穿透工厂的喉音,附在他松软的头发上。

他坐在出租房里,身体趋于扁平,在一支支
失去爱恨的暗流中,他死死地看着

微光里的远山,像一只旧花瓶,
比溪水易碎。

双木,媒体人,现居杭州。作品见于《草堂》《江南诗》《诗歌月刊》《诗潮》《扬子江诗刊》等刊物,与友人编有《野火诗丛》《新湖畔诗选》。曾参加第三届长三角青年诗人改稿会。

苏笑嫣的诗
· 6首

夜课听雨

在夏末的雨夜中
我坐在教室的窗旁
雨声敲打楼体,使教授的声音
和纸张的翻动,成为沙沙作响的背景。
宛如朦胧的轻柔,在这个夜晚
我感到一种无限愉悦的安宁。
爬藤植物湿润、油绿,在窗外
而紫色的夜深沉,如敞口的黑釉陶罐
如我空静的心,承接着黑色的凹陷的水
讲台上方的时钟保护着此刻的宁谧。

这是一种熟悉的遥远
我与未知之物彼此相依
雨使时间浮起,在这样的夜晚
我们从自身中短暂地缺席。
顺从脱去重量的空气的质地
让思想从更多的天空
流入庭院中想象的池塘。
这就是那面镜子
躺卧,完整,仿佛恒久——
虚无完成的远比生活完成的更多。
雨声中,教室越来越满地合拢着自己
在被黑暗的树影轻擦着的墙壁里
寂静坐定
我们在其中用双手舀
在秘密垂落的罗盘里。

夜来秋雨

夜来秋雨使你醒来两次,但没有起身
树叶簌簌,掉落如阳光之金色球体
一个个爆破。落地成鱼。浸肤的凉意

使你确认夏末已被征服,最后的热度
从玻璃大楼的反光上猝然滑落
命运的风声加紧,阡陌愈加错乱纵横

在九月的清晨,你感到无边的蓝色迷雾
雨水擦拭风景,因劳作而无从躲避的人们
忍受着必然的寒冷。昨晚,在梦中

你见到一个已不可能再见的人,如同某种征兆
她赠予一张未知地点的机票
雨使不真实延续,发潮的外衣寂寞更深

有时,你想,裂痕必然是一种明亮
秋天的飞起和下坠是同样一种宽广的寂寥
所有的日子在雨中相互混合,并抹去

你再也无法说清的那些东西。在此之外
阳光依然像盼望的某种告解
静穆并慈悲。你希望你的心就是这样

沉默,安宁,不需要被看见
但拥有宽敞的安慰
道路在等待,雨在洗礼,行进的车
在默然中继续着谨慎的滑行

一种拒绝

1
像两年前一样,八月的夜晚依然热气腾腾
狭小居室里白色床单在燥热中呻吟

那是几点?我们从闹哄哄的餐厅下楼
街道上驶过的汽车声音随着温度的升高攀升

我们走了半个小时，起码有二十分钟
试图在阒静的长街上寻找狂躁的酒精

烧焦的晚风微弱，如时间黯然下旋的速度
如吧台上的威士忌，它们提供短暂的快意

而无家可归的隔夜情感无法被提供救赎
深夜，我们时睡时醒：
孤独依然砭人并意味着不可能

2
并非毫发无伤地，我们走进
这个并不饱满的早晨，带着隐晦的欲望

迟钝地洗漱、始终说些模棱两可的话
应付分别前不可躲避的目光之航线

不情愿组合在一起的词语零乱、消失
破败的车站像这个早晨一样布满裂痕

你能想象出那样的房子吗？
在那里我们完整、温存，并非独身一人？

对爱的秘密我们始终无知，或者佯装无知
细雨清透，但否认为我们洗刷
它只是抵消着那些原本就微弱的事物

风暴燃灯者

突如其来的闪电抓紧房屋
雨点猛敲，如上半年密集的恐惧
这是星期四的夜晚，你从日记里
写过无数次的那条小路回家
更多的汽车仍在河流中回旋，如同
童年澡盆里的模型玩具。三楼窗外
银白色的大江在天空奔流
但窗内，空气恒定，几只黑色小虫
用力扒住灯罩，固有的抵御
每一场风雨都漫不经心
力量却足以使雨刷忙碌于摆动
这徒劳的反抗，多么令人疲惫

零落者困于潮头，被风暴的拍打所占据
其下生活的混凝土却仍然坚实
安全就是反复受潮
向时间递交不断续签的协议
还有多少债务需要偿还
还有多少未卜的裂隙需要售后处理
除了流水，什么都未曾远逝
房屋完整、牢固，钢筋贯穿如同脊椎
在你敲敲打打、生出锈迹的身体
你深知每一处灯光都是一处不幸
为永恒的风雨所冲刷
它们越过虚假而枯燥的社交辞令
有的脱落如怆然的细屑
有的皑皑，时刻准备着承受袭击

一去不返的下午

带着不曾对他人提起的某种隐秘情绪　我们倾身
向上穿越双合尔山　从白昼与夜晚之间的缝隙
暮色千里　河滩盛满夕阳的余晖　而草甸的下降安宁
我们紧坐　如西侧两片随风偶遇的流云

一些事物反复重叠　一些词语困惑　被时间截停
——它们悬而未决的姿态令人入迷　江河滚滚皆过客
不妨搁置眼前的悲欢离别　只静坐　如隔岸观火
不说未来　不谈永远　只占领此刻的一平方米

美丽的事物来之不易　当义无反顾　如此刻
白塔高挂明月　云层流转浩荡有如暴雨振翅
我喜欢你看向我时　目光中雨水西倾的样子
就该酒后打捞楼台　在木舟上深深刻下反叛的痕迹

立秋已过　落日浩瀚　万物燃烧皆有赴死之心
这一刻　我依然喜欢　这些晚霞哀而不伤的平静
瞬间在不断剥离　远去　随黄昏大举撤军
我们所能做的只是　缓缓走下台阶　直到分岔路口莅临

返程路上　群鸟忽鸣掠过我们的头顶
寂寞的元音落羽般旋飞　短促地　代替我们用力地辞行

而我们也不再停留

而后我们看着我们的话语落下
就像蛾子盘旋,无声掉落的粉尘
到了这地步,我们已做了所有我们能做的

为一场盛大的晚宴,我们采购
食材、器皿、装饰、鲜花,彼此的忍耐
和他人的注视。但日子在日历上溜走

成为不可抵达的概念。到了这地步
我也懒于悲伤,只有屋子里的寂静惶惑
在精致的玻璃碗里鸣响,并试探着

一种我早已熟悉的易碎。我们不要
惊醒它们,何况一切无可指摘。也无须躲避
臆想中的言语之刃。既然词语和宁静

在缓慢的攀升中,已托付于令人厌弃的
空无样的撤退。秋天也在撤退。日子
会随着寒冷而斑驳下去,所有的植物

都会枯萎。不过是空洞的悲伤,临时的
生活。发生在我们身上的事情,没有标记
这就是我们的回报:在时间的虚构里,一切

含糊其辞。凝重而美丽的薄暮中,沉默
金子般持续地垂临。我看见那些飘浮之物
消失在夜晚的闭合里:轻盈地,逐渐地

苏笑嫣,中国作家协会会员。毕业于北京师范大学、文学硕士。作品在《人民文学》《诗刊》等刊发表,曾参加《诗刊》社第36届"青春诗会"。获第十届辽宁文学奖等奖项。出版有诗集《时间附耳轻传》、长篇小说《外省娃娃》等著作九部。

童天遥的诗
· 2 首

关于无尽

蜜蜂诘问春天
棺木诘问五千岁王朝

蝙蝠诘问黑暗
佛诘问一座小小寺院

罂粟诘问深渊
法律诘问十万种恶的可能

巴黎诘问现代
雾霾诘问沉默的熔炉

数学诘问永恒
死亡诘问天空

你诘问已被说出的一切
除去无尽

致阿伦特

仅有危险本身是迷人的
当乌龟开始提问
当一座火山决心自杀
当骨头失去重量
当鸽子准备说出明天
当忧伤在床上赤身露体

当神住进贫民窟里
当玫瑰丛中响起枪声
当鳄鱼用牙齿写出诗歌
当一个盲人看见他的寿命
当跳蚤谈论爱情
当仇恨成为爱的分身
当希特勒遇上奥斯维辛的游魂
当十二月睡在一月的铁钉上
当黄金落进阴谋的帽子
当毒蛇拥有人类的面孔
当地狱开始颤抖
当你去爱一个敌人
当你尚未度过这一生

童天遥，诗人，电影人。著有诗集《小孤山》，翻译有长篇童话《绿野仙踪》《柳林风声》，哲学笔记《与阿伦特散步》。

童作焉的诗
• 3首

捕雾记

"雾里江船渡,风前径竹斜。"

1
吃草的羊,走进雾中码头,
白色的意义被消解。你等待一座山坡,
或者一艘船,才能建构新的关联。

2
逼仄的斗室中,棉花制造机持续轰鸣着,
雾气从其中被源源不断地生产出来,
一场关于你的风暴,蓄谋已久。

3
在你藏身之处,破败的墙壁上
打满了石灰粉的补丁,缝隙之处雾气弥漫。
你展开洁白的礼服,消失其中。

4
一面镜子突兀地立在街道上。里面有
你的倒影吗?你吞吐雾气,
在镜像中构成新的歧义。

5
在衰败的公园里,微弱的街灯舔破雾气。
你起身,像一场盛大的雪落幕。
今天的雨切割昨天的景。

6
雾中的早市准点开张。汹涌的人流
穿过你，分别赋予你
样貌、表情和口音。

7
雾成为水，然后你在其中溺水呼救。
你体内展开更多假设，比如游泳衣、
降落伞、太阳镜和冲锋衣。

8
于是虚构的手探入雾中。你抓起
语言的残骸，抛进空空如也中，
思想的风景便在其中发端。

9
你在雾中被反复阅读。你掌心的纹路隐去，
你的表情和神态被抹去，你的自我辨认
被凝视，被忘记，或被毁灭。

10
一场雾散去的时候，你被重新建构出来。
你从码头撑船而来，把一群羊赶上山坡，
成为天边一朵朵洁白的云。

猎梦记

"夜来风雨声，花落知多少。"

1
一如往日，我趴在夜的边缘，
按照梦中的设定参与演出，等待
黎明划过的曙光，温柔地掀起剧场的帷幕。

突然，马蹄声踏碎青瓦、白玉盘
在夜空中被打碎。一只猛虎闯入梦中，
逼问我，是梦非梦？

2
四月的野草疯长，猎人提着灯笼
走进旷野，映照出一片巨大的阴翳。
箭矢呼啸着，光亮在黑夜中划成一道流星。

一群狐狸轻快地掠过，我看出
其中一只是我。当我瞄准它眼睛的时候，
我将自己射向它。

3
我飞快地奔跑着，地平线紧贴着单薄的天色，
像切割生死的界限往远处延伸。
四周的野草如一场盛大的潮水降临。

就在昨天，我路过沾满露水的灌木，
品尝秋叶的甜。露水顺着叶子的脉络游动，
映射出那个我想象中的世界。

4
恰是因为空无一物，可以装进更多风景。
清晨的阳光刚抚过蓊郁的林木，每片叶子
落下的过程，我都能够精准地记忆。

我记得那个暴躁的猎人穿着靴子快速穿过，
一只小狐狸昨天还在这里逗留。而在这之前，
我梦到自己成为人类，从一场睡梦中刚刚醒来。

寻鹿记

"林深时见鹿，溪午不闻钟。"

1
深秋如约降临，峭壁上的草木枯黄。
一群鹿停下脚步，顶起头上的枯枝，
像一棵棵树一样在山谷边渐次展开。

但这次不再作为具体的事物，而是
作为被虚构的对象，作为想象的鹿，
在我们的危险旅途中被温柔地述说。

2
不同的路将通往不同的远方，经过
季节递嬗的路口，穿过玫瑰和荆棘。
你远眺，有时是歧路，有时是断崖。

生活流亡之地，命运的地图被碾碎。
我在初启封的迷宫走失，跌跌撞撞。
而一条条新的铁轨，径自向前延伸。

3
本来是状如麒麟的神兽，头上带角，
背后有一双巨大的翅膀。后来成为
算命先生推演命运的一条主要线索。

曾经毕生所求，都是所谓功名利禄。
我们溢出我们自身，体内却在生锈。
身体奔向高处，心却游向了湖心亭。

4
经历一场盛大悲喜，最后再来预设
返航路上的情景。一滴露水在秋天
刚刚形成，将无尽的宇宙囊括其中。

一批批寻鹿的人，匆忙地经过这里。
但如果驻足凝视这露水，露水凝视
你内心深处，无数的星辰将照耀你。

童作焉，本名李金城，1995年生，云南昆明人，现为复旦大学国际关系与公共事务学院2019级博士生。出版有诗集《失眠术》。曾获全球华语年度大学生诗人（2016）、第五届光华诗歌奖（2015）、第三十三届全国大学生樱花诗歌邀请赛一等奖（2016）、中华大学生研究生诗词大赛冠军（2019）、全球华语短诗大赛一等奖（2015）等。作品见于《人民文学》《诗刊》《星星诗刊》《中国诗歌》《大家》等。曾参加第三十五届"青春诗会"，入选第八届中国星星·大学生诗歌夏令营、鲁迅文学院两岸青年作家文学营等。

拓野的诗
· 7首

辐

给它以雷霆反比的温柔，和软弱的狂风
暴雨。对那些心啊，我虞仅仅想说这些
美人满溢的时候，冰山便棱棱一角。夜暝快
寂寞时候，山居装满了日落的岩浆。就给它
以闪电棍状的爱怜，和轻柔的嗤之以鼻
我们在序章年龄躲进正文的车轮
对那些心感到路途遥远。感到山高水长
感到长亭。感到相信。感到尔诈也感到春光乍泄
是冥冥之中了，是俾夜作昼了，是拘于鬼神了
都阿波罗了，都爱丁顿了，都不想再
下落了

蝴 蝶 盉

重返，透过围墙。透过桥
总是在梦里清啸。沉入斑纹后
再后退一场嘉宾。云云，人都云云
你跟随他们时自己的薄膜也在抖动着什么
鼓瑟是你美好纵深，泥哨的彩躯
捎来嘉宾。牙齿翻开竹叶
和更深山林。低语湖水中央有磬石
云云。云在中央停。披云肩的武旦
拂清漆，涤荡一次不自由
而乌鸦在低树林里飞，像是在冥界
穿梭。身姿浩渺如眼光，眼光
磅礴如丛林的翅膀。如如的修辞

如再来一次的张皇。再漫扪
春的门扉，再当垆她如果！

满园花翎副都统，
水草禽兽蝴蝶盔。

扑翼机

双海豚交换你汛期的条件等于
旋转自行车，在空中收电。并播报
我们仪轨运行的机匣。你说：
"你喜欢仪轨这个词。"而就是这句话
又将你像双海豚窜景而出的那颗球
红。白。蓝。三色地，击吻至我面前
我喜欢仪轨这个词。我喜欢她的
偏移、移动和动容。电子跃出机舱。用
玛德拉斯：印度舞中一连串手的抖动
与电子云转身：蜻蜓扑翼机翅膀合拢的
俯冲。来坠入我。仪轨摆在大地之素布上
云童子爬出气生根的裸露，来到
桫椤现世处境。密披着濒危的青年
想你甜睡活化石

火铃羊陀①

走近的，都已经就绪。这些温柔的煞星
红色橙色。打转着温度，词颂面露难色
它们以队列经过，脖子上系着草绳。挂满
石榴和葡萄。饱满的九宫格。种下的植物，爱
分娩野兽。食草或食肉的，他们是牲口的前世
蹄子又踩出草茎内谵狂的火。蜂拥
的蜜蜂着了火，茹饮星空水牢的凉热。对比
一种声音。这也是铃铛的清脆。在一场魔术
中，魔术师与走远的、失序的图景。那涣散
的眼神合体。于是石榴里的每一个房间都
蹲满了火。于是葡萄闪烁，陀罗大器晚成。

①标题为四凶星：火星，铃星，擎羊，陀罗。

静　绿

说不出下一个人。我沉迷你的铅华
露水抱着匹生锈的老马。老马。扼住了
藻荇的咽喉。咽喉。她等到下一个音乐家

本　愿

天空寂静如初，不动的明王开始移动
七月流具足万象的狮子。火，从黄道
起点奔跑。奔赴一朵蓝莲花摇曳的本愿
每一次示现，都为了成为芸芸。一呼
一吸中熟落起伏。一步一印。他即将
俯身低进，人间花丛。爱上一朵蓝莲花
并成为她。"若男若女，若天若龙"①
蓝莲花，地狱的入口。他的本愿安忍
似动。长者子，问相于狮子奋讯具足如来
婆罗门王女，立誓于觉华定自在王如来
光目，发愿于，清静莲华目如来。
忽来，未来。走失的地藏忘了自己是谁
莲花绽露的山丘，丘下流淌鬼魅
鱼看到莲花低吼凛冽。狮子骨埋清香

　　①"若男若女，若天若龙"语出《地藏王菩萨本愿经》，下文"长者子"等人皆典出此经。

RGB：50, 167, 35 左右

沾有钡绿色火焰，我正午的深夜初服
听坪影唱菲歌①。从校外，
他们都捧花进来，进来
游鱼草上升乞摇摆，鱼的手，趴着或躺着析
手指匆匆树下影。小腿前后
白短袜，被喙息②的吐息捉走
扇蚩③于是被
秃树、郁郁树和拔剑树
围住
在她畔面康，念想秋毫不顺遂
念想此刻蜂的吐蜜块，不顺当
白短晶亮的绒毛就要捐掉。还好她轻柔美

胎质
一团团群聚。零落她们风风他们火火的烤
樱照后。她还躺在草上作样。
位置以百褶来转，或被撑开
不断打开隐逸了手捧。献上盈冬
一虚拟通道，有待辟在东
西区之间。怠慢的卿云亭④
亭亭同学问：
沾有绿焰的酒，还记理论忧吗
夜里，一队队人手捧花束入校。
不是今天
那天。还未被安保紧闭的春暖
那天。一种惶恐被另一种覆盖
她们尚未在草坪上撑伞。三个她在给她寻找
草坪上空的巨伞却无人看到
巨伞下的少女，却各自嬉闹
她混合体，是我微粒符号
写就

①作者是日在光草午睡，蒙眬中听到有人唱王菲的歌。
②一种鸟类。
③一种鸟类。
④卿云亭。复旦邯郸校区一个亭子。

拓野，生于1999年，写诗，兼事轻度批评与翻译。复旦大学科哲硕士在读。有自选辑《蒲松龄》《局》《隐语》《人类》《讲座哀歌》等。散译有李锦华等朋友的诗。现为《合流》责任编辑，"玫瑰与诗人"主创之一，也和朋友组了个叫"参两"的译组。

王彻之的诗
· 7首

悼 W.H.奥登

头脑的统治崩溃
像厄尔巴岛的火山灰,
双眼的铁幕拉下,目光
也随之败退。在九月,
穿过维也纳舌头的晚风
不再与教堂的钟声押韵,
街道焚毁杉树的选票;
灵魂宣布,他身体的计划破产了,
而他牙齿的各个时代
根基都已经动摇。无人叛变①,
更没有抗议,他死去
在关于他的死的意识里。
而那意识已经过期,
他签署的文件被另一个他撕碎,
尽管他们彼此熟悉,
如同拉琴者和琴弦,
但现在他的精神静静地躺在
他对象喷泉的殆尽中,
如此完善、恰似一个谐音。
他就像方济会的管风琴无人弹奏。

①W.H Auden, "In Memory of W.B. Yeats": The provinces of his body revolted.

在码头区

六月,乌云的秃鹫紧盯着
这座城市的河道下水泻出的部分。
雨伸长脖子的垂涎,让新刷过漆的
异国小帆船不由得感到恶心。
在橙色贝雷帽的沉默中,海浪
榔头般敲击海平线,弄弯它的两头
以将其维持在望远镜的视域里。
有些日子足以说明,岛屿的图纸作废了。
一群鹬鸟用它们饱蘸的、钢笔尖般的
喙记录随沙冲散的事物,其中
仍然保持完整的,如蟹壳蛮横而对称。
但你时常怀疑,生活并不缺少
浪费的激情所赋予我们的权利。
梦难以把握,就像小数点的后几位,
雨的输入法缱绻船坞键盘,
企图仅靠一根雨丝,就把港口
和它的过去连在一起。
而那些孤零零的、决心翻阅
大海文献,以给你虚构的未来远景
做出注释的黑嘴鸥,知道自己
其实不存在于时间中,而是
相反地赘述了时间。

教堂音乐会

一阵阵温柔的风吹拂
我们微妙的感觉,但是空气里
什么味道都不存在。
在雨渐歇之际,车灯轻松的,
仿佛预备好应对一切的口吻
放走了时间,说慈善家的客气话,
时而面色阴沉。我右侧的小女孩,
掰樱桃的普理查德女士,
坐在她母亲腿上,叫声像埋怨亡灵,
当学生慌乱地走上台看着我们,
弹奏《魔鬼圆舞曲》,一种末日论的
老迈的笔调正在他手上速写。
以几乎相同的速度,在你扫视过
周围的大理石,和那把全新的,

柄如鼬鼠尾、长有白色条纹的黑伞边
在和声中飘摇的圣母像后,
我们确信,这座教堂还算年轻,
而门口的杜宾犬意犹未尽,
像是冲我们嚷嚷"禁止离开"。

修　补

夏天至此完工,雨的
石灰在街道上耗尽。时间的积水
被疾驰而过的汽车溅起,
给桦树林的棚户区中灰椋鸟剥落的
墙皮所揭露的真相上漆。
当栎树的粗砂纸把泰晤士河
当当作响的鞋跟磨得闪亮,
我们小心地移动双脚,像鞋匠
快速把皮子和里子钉在一起,
欲图使两个自我合一。很多事情
没有缝补,松弛像尼龙搭扣,
但更多的则浑圆如铅弹,
或者像童年击出去的壁球,
往返在成年后的巨大白墙
和为了迎合、疲于奔命的我之间。
有些时候,鞋如蝙蝠般
振荡出回声,不是测定距离,
而是出于弥补一种盲见,
我转身,以便不用再知道,
那与我仅仅一墙之隔的是什么。

伞

接着,迎风鼓起,拉开,
像在枪林弹雨下拉栓,
伞柄脆如幼年的芦苇秆
被雨的叹气折断;与此同时,
就连末端箍紧的手也感到,
那中间聚拢伞骨的力量崩散了。
我们像逃离编制的士兵,
脚冻得发青,回到最开始的
生活的速度似乎变得更慢,

但也不敢抱怨什么,担心
公交车已经过站。当雨声渐歇,
我们都得低下头,眯缝着眼
仿佛承认战争失败,在人群中
观察好一阵,以为摸清了线索,
沿着你离开时的小路飞奔。
我不知道这一切再也不会有了。
除了如今的那些轮胎依然
懂得如何溅湿裤腿,除了那伞
就像那颗心当风把它猛地吹开。①

①希尼《附笔》:"趁着那颗心毫无提防把它猛地吹开。"

假期2021

假期逐渐变得不可多得。
厨房充满清洁剂的味道,
说明某类事物的痕迹已经抹去了。
我们走到社会咖啡馆门口,
没有人愿意谈论社会问题。
公园里树叶还没有飘落的意思,
但那些起初对你好的人正在变坏,
令周围的空气感到难闻。思念来自
我们还没付给他们份子钱的人,
像考古发现,损失都标注了日期,
但看上去完好无损的却没有。
出租车的表依旧快过抢救时间。
对过去事情的怀念像存款一样花光了,
在一次对感情缺乏理性的消费中,
在未来生活的自动售货机面前。
我的生命像纸币被塞进去,
我的词语,则像零钱一样被找回。

一位女士的画像

眼镜薄如簧片,眼球滴溜转
仿佛能发出乐音,在她的瞳孔后面,
一个身穿燕尾服的业余的灵魂
在她大脑的剧场里跑调了。

理性指挥失误，感觉没配合，
尽管排练了很长时间。
从出生到现在，乐谱早已丢失。
爱是它们第一次演出，
但演得一塌糊涂。接着，
青春的赞助商从她的身体中撤资，
以至于年华的股市崩溃了。
她是父母的纽约，丈夫的伦敦，
曾经是情人们的巴黎，
现在只是自我的郊区。
所有列车都不再经过这里，
智慧如同废弃的车站，
很久没有使用，建造它的花费
现在看来都打水漂了。
诗是她的筹码，可直到最近
都没人告诉她赌错了，
那点才华赔得分文不剩，
像头发日渐稀疏，像外地客人
光顾的次数越来越少。
命运是她的理发师，也是我的，
很善于误会我们的意思，
并且把白布盖到我们的身体上。
有一天也会盖到我们头上。

王彻之，1994年生，诗人。2012年毕业于北京大学中文系，牛津大学文学博士。曾获得2019年第五届北京诗歌节年度青年诗人奖、2020年第一届新诗学奖、2020年第一届快速眼动诗歌奖、2021年突围诗歌奖·年度新锐诗人奖等。著有《诗十九首 19 POEMS》（纽约，2018）、《狮子岩》（海南，2019，《新诗丛刊》第23辑）。

王江平的诗
· 7首

微雨寄长沙

收到你的来信,是在一个沉闷的下午
那时,我在徘徊中,加紧构思一个场景

氛围并不热烈,就像低矮的屋檐下
一场秋雨,正从听觉中降生

你也知道,除了领养的那只病猫
我从来闭户写诗,而无人知晓

安静的廉租屋内,忧虑每时每刻
敲打我的骨头和耳膜,震声如磬

真的!但现在不了。我可以勇敢地走向阳台
和许多光粒子一起,奋力敲打一地破碎的镜子

这是让人欣慰的。我承认,正是
这闪亮的气息,拯救了我人生的此刻

我已经能觉察到,光从钨丝中涌出
雪白的稿纸,带来了这稳操胜券的秘密

烧烤摊

你到来时,天气已发生微妙的变化
但不妨碍,我们穿过小巷,转身投入

热浪卷起的巨大菌尘中。
想来——我们已多年不见,必不可少的食物

会层层地筑起在你我之间。我们把想说的
冷暖好坏,都默认在里面,并嘎嘣嘎嘣吃出响声

吃,只是我们推心置腹的一部分。我还留意到,
你悄悄从眼角,释放的几朵白云——可能我也有

我们曾经交换或者递来递去,直到天上的云层
足够厚,足以发动一场大雨,笼罩在我们的四周。

雨里,有人在他闷闷的中年打出鼾声?
"多么恐怖!"这不,我们的整个下午

像纸屑一样,被乱风卷走。只有散尽的街道中
杯盘已碎,亚热带植物,迅速长满你坐过的空椅子

这是我此后大致记得的模样,还有知了,失控地
叫响着洗净的天空:知吾……知吾……知吾……

闷　居

哪儿也没去,小小的屋里,空气围拢我坐着。
冷光照进来时,我摸到自己的双手,

像衰老的丝瓜,垂吊空中。青筋
一条条凸起,摩挲着四壁的微风

我尝试抬起它们,但不行。之后
便看了一会儿书,似乎也没看

再往后,外面下起小雨
淅淅沥沥,从云中降下这座小城

我多少次默数着城中,那些被打湿的
地名,像树叶,一片片飘落地面

往日,我因成功地把它们关在屋外
而暗自庆幸。现在——雨和雨声

再次降落的时刻,我推开窗子,并确认它们
是否在某个时候,真的触及过我的内心

驶过冬天的列车

列车停稳。鼎沸的人声中
回到你,一个我早就注意的人
从未言语。洁净的脸上,拴着
拒绝打开的两把新锁。

渐渐地,有什么落下?
——"雪!"微茫的白色,转眼
就覆盖了没有分别的视野内外
你没有反应。当然,我也从未期待过

各自坐着,在窗口,起雾的手指
变得缥缈,且不可挽留。然而,刚才
我从你微启的嘴型中,获得
一个消失的声音

这是真的!好像被雪刷白的这一切
必然会在某一刻对应到我们的生命中
你也会成为一个消失的声音吗
抑或是我?

也许应当保持沉默,让那些毫不相干的
潜意识,驱使着列车,继续往前行进
不多久,雪停了,或已在别处停了
走过的铁轨在静止的天空下,咔嚓合拢

生活,雨水

窗口很小,比它还小的树叶,
在暮色里练习张望。往内,
会有几张床,床上的每个人
都躺着,没有谁比谁更幸运。
你还没有醒来。生活便借着雨水,
将我们的沉默运送到衡阳城的
每个角落。或许,也将某个身着西装的
男人,运送到某条窄巷,捶打胸膛。你
不能去问。雨水也会把你运送到岁月深处,
让你重新在公社的田地里偷食甜瓜,
被人揍。你感到疼了吗?
你的眼皮跳动。你没见过的事物,
我见过。下午的住院部,总有几匹
高大的白马散发着消毒水味,

它们时而慵懒，时而跑动，
一起一伏的脊背在办公室里，
在心电仪里，在绵绵不绝的雨里，
跑动。雨水飞溅，你看到没，
有几滴落在雨的外面，或者说，
是落在输液管里。这珍贵的冰凉的
几滴，将会运送到你枯萎的身体里，
和你我的命里。倔强的你，会收下吗？爸——

偶遇送葬队

1
冬日里，稻根已烂，几何形水面
分裁田野。我在马路上游走，不知何时，
嘈杂的声团已在耳朵里显形。吹吹打打，
复吹吹。我定了定神，才看清，
那是送葬队。亲朋的脸孔被一面面
宽大的白色束巾笼罩。令人疑惑的是
那漆黑的棺材，几乎丧失了重量，
浮荡于束巾的波浪上，仿佛里面
并没有躺着一个死者。渐渐地，
我分辨出人群中，有呜呜的哭泣。
其中一个捧着黑白脸，面相中，
大概经历过抗战或开国岁月。但这次
已不是战火，是鞭炮。火药雾呛人，
我的身体一点点变薄。纸钱卷入空中，
也可以轻轻地穿透我。

2
穿透我的东西，会继续翻飞，
去往更遥远的地界。有些
会落下来，和我一样，困宥于
这沉冗的人世。某个下午，
我亦给死去的曾祖父鸣放鞭炮，
焚烧纸钱。纸钱推入火中，弯拱起来，
形成一片薄薄的桥，从桥上
走过的东西，未必是我们可见的。
可见的是，在恒久的沉默里，桥
会从一头向另一头，一节节，
断掉。断落的白灰，散在地上
也是薄薄的。我想起那个
让我疑惑的冬天，曾祖父大概也曾
带着他的一生，躺在那口棺材里，

高高地浮荡着吧。如今,他埋在山里,
长成了一棵大树,踮起脚,看到
我们面前的白烟,一缕缕,
薄如从前。我仿佛想起他的名字,
差点被风吹散的、烟一样的名字……

玻璃墙

高铁站的玻璃墙,很高,也很薄,
在太阳下,如冰封的湖面,竖在鼻子前。
我得以看清自己:身材不高,略瘦,
成人的模样长满胡碴。在我背后,
是2020年的冬天,就像
从我身体里跑出的父亲,显得
比我更加萧瑟些。我俩在墙外,
以两个男人的沉默,各自站着。玻璃门
在不远处旋转。总有几个人被不断地
卷进去。有什么催促我:抓紧时间。
干枯的父亲,被挡在另一面。

王江平,1991年生于湖南衡阳,现居丽水。作品见于《诗刊》《星星》《扬子江诗刊》《诗歌月刊》《江南诗》等。入选第六届浙江省"新荷"计划人才库,获首届长三角新锐诗人优秀作品奖。

王年军的诗
· 5首

一块砖

我在城市的中心放了一块砖
一块黏土做成的事物
它已经被塑模制好,被火烤干
尽管我知道,这座城市仍会发生洪水

但一块砖可以压在城市的地图上
把所有真实的事物都置于下风
制好的砖向四周辐射黑色的热量
直到青草长在它身上,马匹拉下粪便
它的温度回到环境的最低处

砖本身会延伸自己,一块长方形接一块长方形
在砖块上画垂直的交叉线,它们就会繁衍更多的砖块
最终覆盖方圆几十里的地面

像所有最初的城市一样
这块砖会成为广场的起点
尽管我不属于这座城市
我还是把砖放在这里,放在平原最不容易被践踏歪斜的地方
也许正因为我不熟悉这片土地,一块砖
恰好可以提供方向,稳稳当当地
在东南西北之中保持平衡
反射着冬天微薄的太阳

当我离去时,砖块仿佛从地平线上立起来
成为一块黑色的纪念碑
它汲取着土地的和我身上的金子

把我的行踪
笼罩在它随日光倾斜的影子上

词语之树

已经有多日，无法写出一个词
直到今夜下雨，我听到窗外
雨棚被敲打，重量像萤火虫，来自外星的磁
稀稀疏疏，绵延不绝，把灯笼熄灭
木桶散了架，晚年的第欧根尼睡在我的窗户之外

报春花开放的时候，整个城市没有人去看
白天里也是雨，昨天和雅典
雨落在桥下，江水里，小船上
涨起的水从汉江涌入勒特河
可没有人被淋湿，花朵因水滴而坠得朝下倾斜

我脑子中的词，越埋越深，越缠越紧
想要把那些木板重新箍正
在雨中，荆枝像母亲的线团，被湿气泡胀
散掷在不够平坦的地面上

我很久没有意识到自己有呼吸
这些词语，变得臃肿，互相游动，如染色体
被铜绿松懈下来，分散成字符
就像废弃的史前遗址，上面的图案
被时间碾成粉。在巴山楚雨之中
每一个笔画，都在长成成无法辨认的枝杈

趁着黎明，太短暂了

趁着黎明，太短暂了
倒垃圾的工人每天在家家户户门前收拾
乌鸦像潜伏在一首诗的深层
吝啬用自己的叫声，为他们做伴
直到自己在厌氧环境中被压缩为沥青

你能否看到
一些诗句在睡梦中永远死去
就像瞬息开谢的昙花？

转眼之间
柏树已经被深处的土壤转化
变成发酵的稠密气泡

在半睡半醒之间,一个诗人如何拿起笔?
想到还有可以写作的日子
就知道这蒙昧
只是黎明前的一刹那

坚持,坚持
让词语吐出来,从咿呀学语开始
让嫩芽像引信一样炸开
从坏中坚持选出一些好来

保留它,趁枯萎之前
先开出一朵花再说
也不管是不是就在春天
也不管是否就是一个季候性错误
岩石里的花,坚持
被跨世纪的风吹着

一个名叫"小麦胚胎发生"的盒子

我从未这样种植一丛小麦
也许像我跟父亲的差距
他总是指导我,把小麦种进泥土里
在墒度合适的天气、施肥、撒药、
除去稗草、按时收割。但从未告诉我
可以把小麦种进盆子里
或某种圆形、有底的盒子

尽管达尔文也曾在栅栏中围住一丛草
去记录它们相互间的竞争、缠绕
在父亲看来,我定然是在浪费
这块田地不会收割一把科学的粮食
或者果然,"那些你认为重要的问题、
没有一项是不曾被思考过的"。
父亲也尝试过,把小麦种进盆子里
可是他失败了。

只是我不知道结论,因此把过程
重复了一遍。当麦穗发芽的时候
我嗅到那股青草的甜味,像是带着腐烂。
他不曾像我这样,只是把梯田
当作培养皿,训练着千万个麦穗
如何麦芒朝上……
尽管我们都认可,培育一个人
比培育一株植物更难

那些小麦,不管能不能吃
和在地里被种下时一样
最终会勤勤恳恳,超出自己的器皿
变成无法被装下的事物

艾米丽·狄瑾荪和她花园中的虫子

1
能够设想,你
　　充分地感受到风的变化,从头顶
到花园,阴影移动
　　经过脚下的蛇,伸向
人迹罕至的居处
腹部明显缺乏阳光
白花花的,像蚕一样
而你,艾米丽·狄瑾荪,也是一条花蛇
　　尽管成年后
就不常出门,后来甚至
用
绳索
把烤熟的面包
从楼台上吊下来

但是你也清楚,自己并非女巫
　　修女也不是看上去那么纯洁,你捉住诗
就像是一只金莺
　　咬住一截虫子,在以为没有人
看见的时候

诗歌
对你而言,就是那截虫子
你不想让人发现

自己取食的样子,尽管偶尔,你在花园中培植
铃兰、三色堇、甜豌豆……
把它们扎好,托仆人送给邻居们,并附上一首诗
就像诗也是与人无害的小花
　被风一吹,就毫无动机地开了

2
但这些诗,其实是爬在你的花束上的
虫子
就像附于信的"又及",你说
"我写的这些句子芳香、无害"
写诗的时候,你就像是偷吃虫子的鸟

　　你誊抄了副本,一一捆好,放在柜子里
就像是中国人做年糕——意图用来度过荒年
可惜,你没有活得足够久
等到当地的诗歌博览会
给自己颁发二等奖
但人们终于意识到
你的这种特殊制法——
像抓住虫子一样活捉词语
　趁新鲜的时候
把它们腌制,放上很重的盐
　　　　把它们挂在无人的房子里,阴干
直到多年后,从仓库中揭开盖子

这食物仍然保留着原来的成色
我们才知道
你发明了一种特殊的技术

王年军、1992年生于湖北十堰。北京大学中文系博士生、写诗,兼事批评、从事电影与文化研究、现求学于加州大学伯克利分校。有诗歌作品发表于《诗刊》《上海文化》等、有评论文章见于《新京报》《书城》《文学报》等。

王子瓜的诗
· 4首

松江府听雨
——观《江南百景图》

老板在后院砍伐芭蕉树。
他说常有客人抱怨它的叶子
放大了雨声,和愁的分量。

这些天,夜里我需要听雨声
才能入睡。手机里,
我听见雨从某片天空
坠落到地面,
什么都不碰触就破碎。

雨的旅途中没有芭蕉树,
也没有海桐树,没有白玉兰,
没有煮盐场、蟹塘和标布店。
甚至也没有天空和地面。
雨的旅途中什么也没有。

应当倒过来看待这里的一切。
千船泾、嘉海泾、蚕花泾、
豫园和龙华塔,美丽的名字并非
始自废墟,而是终于它。

关掉手机便没有雨声。
在黑夜中努力分辨
空虚的雨如何敲打空虚的芭蕉叶。
终结之后的空虚中,重新学习入睡。

利特诗人卡西瓦的手风琴
——为《塞尔达传说：荒野之息》而作

······a red bird that seeks out his choir
Among the choirs of wind and wet and wing.
　　——Wallace Stevens

1
奇塔诺湾，这些礁石和浪花，
海鸥飞过像一声声轻叹，
追随着泡沫、诞生、消失。
仍有几处这样的地方，
世界边缘，小螃蟹对棘刺的
造型举棋不定，一株松树
求教青波雀如何驾驭风，
潜行草将花瓣的色彩借给苍穹。
生命依然可以美丽，可以
依托美妙的声韵嵌入你的诗篇，
在这些暂时被灾难遗忘的处所。

2
有时我长久地沉溺于某座
神庙的谜题、或者，在过多的
杀戮中感到自己的眉下
生出一双莱尼尔那样邪恶的眼睛，
或者为了一颗钻石、日夜攀缘，
不知餍足地寻觅速速蘑菇。
一个身影将把我领回，
从荒诞那深渊般的手掌中。
一道并非由颜色、而是
由音阶构成的彩虹、出现在天边。

3
练歌台上你教你的小儿女，
用的是同一把琴。它像你我、
像时光的酷刑偶尔也会明媚，
会习惯，阳光美好如同统计表，
习惯于商人嬉笑、推销一打木箭，
习惯于旅行者缓步林荫，
虫声阵阵、畜棚里马在咀嚼。
谢谢你们小合唱团。去修理
大鹫弓的半路，我遇见这一切。

人烂醉在城堡猩红的阴影下，
而汉语未有神射手，能英杰般
灼热准星锁定在怪物漫游的平原。

4
一种小把戏，可以将汉堡
从画纸中取出。那是过去。
前年十二月，虚拟的圣诞树
摆放在现实的客厅角落。这是
如今，你看，新技术的
野心并没有多大，相比于
我们的诗歌——液晶屏的这一边，
有一天，罪恶也将得到追溯
和清算。但现在，让我们从
最简单的事情开始：完美的
月亮，同肮脏的月亮之间，
那唯一的琴声。感受它。然后
是琴声中的羽毛、琴声中的星座……

5
然后是琴声中我们的工作。
每天我在工作台前点亮一盏灯，
拾捡着遗珠，仔细地
打磨那些往事，晦涩的谜，
一组数据，某个人的心灵、生活，
在琴声中它们重合于你的良师
每天收集、谱写和死去，让琴声
朝向尚未到来的听众兀自演奏，
让哈特尔海的风箱律动如同心脏，
让海礁那闪亮、颤抖着的簧片，
被诗篇中的泪水一遍遍打湿。

与空书包谈 X 射线

一种单向的观看：
我们胡乱地张望而它短暂的
访问，已经结束，
鲜艳的脏器已被把握。
护士小姐请我们尽快离开，
以免它对人的内部
造成难以觉察的伤害。

每年去体检,我们仍然
不了解它,正如不了解
灵魂为何甘居此身中。
不是我们的眼睛,为了
欣赏尘世的美妙或者
长久地凝视罪恶
而睁开;它匆匆一瞥,
为了纠察某些局部
潜在的、对于体系的威胁——
那些撒旦般的细胞,
或者携带着水果刀
挤地铁的愚蠢的好人,并有意
忘记它们究竟何以至此。
它困惑的时候:有一回你被
我丢进低声嗡鸣的安检机,
它怀疑自己是否已见弃于
那伟大的灵视。
什么也看不见,甚至
感到反过来正被你观看,
从你的开口处泄漏而出的
空气中,一道来自
世界内部的目光。
它野蛮的辐射因为触及
你那浩瀚的深奥而耗散,
你给了它一种类似
虚空曾赐予每颗恒星的教育。

写给一只草蛉的挽歌

曾是一枚卵,风铃般
悬挂在某片树叶的背面。
摇晃中你沉默的音乐
是否也招来过小灵魂?
我知道你有过一段
疯狂的日子,在棉叶或是
马铃薯叶宽大的草原上,
狮子般地漫游、猎杀,
多少蚜虫在噩梦里逃窜,
绝望于你可怕的颚和消化液。
你满足地卧下,编织,
然后躲进永冬般的茧中。

苏醒时一对舒展开的
巨大的脉翅，美丽，
透明，在蓝天下，
被你扇动，去经历生命
之中唯一一次交配。
最后神秘的休憩等待着你。
我困惑。初夏，凉意像是
夜的空虚里扑闪翅膀的天使。
这是公寓楼的第八层，
你种族的青藏高原。
那使你偏离终点之路
冒死至此的力量是什么？
别说是因为看见了
这纱窗前的灯光而前来朝圣……
灯下，我在阅读一位诗人
悼念英雄的哀歌，那些鲜花、
号角和巨钟，他葬身的
港口像另一件悲鸣的乐器。
不满于终结，修改了终结，
我看见伊卡洛斯从
落海的半空反身坠入日冕。
炽热的环绕中你重新校准了航线。

王子瓜，1994年生于江苏徐州，青年诗人、文学博士。曾任复旦诗社第三十九任社长，曾获未名诗歌奖（2019）、光华诗歌奖（2015）等诗歌奖项，与友人合编诗选集《复旦诗选》系列，著有个人诗集《长假》（2019，南方出版社）。

吴盐
234

肖炜
238

闫今
243

炎石
248

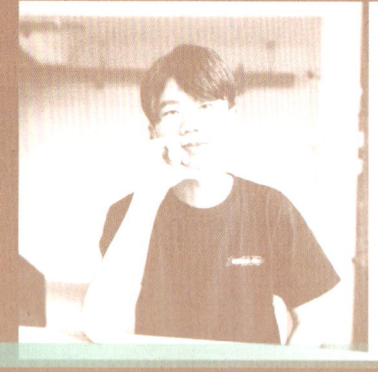

姚彦成
253

叶飙
258

颖川
263

余幼幼
266

余真 271

玉珍 276

曾毓坤 281

张铎瀚 285

张晚禾 289

张小榛 293

赵应 298

周乐天 303

吴盐的诗
· 6首

他有时往左

他有时往左，忍着疲倦和速度
他走小路，他要去割草。
一些烟云缠绕着，一些光感应到了饿
鸡叫声贴地而行
多么坚强。他挑着担子，往左边
踩得猛了点，似乎要倒下去
这瞬间的危险酝酿出一些热爱
每个人伸手拢住自己的绳子，腰闪动一下。
这世界很静，太静了，我们要命名
一些新的饥饿，一些新的死法
孤月入怀，露水深重，一些人被钉在地上。
他又猛踩了一脚，暗自抒发一点点厌倦。
晨光缓慢铺展在地上，空气中似乎多了点什么
太阳升起来了。他一直沉默，也感觉不到风。
那就让我们站直身子，去尊敬1958年的他
他很瘦，担子空空的，偶尔会踩脚。
他走路很快，丰富而且认真。
前面出现一些人，钢青色的脸有些陈旧，和他很像
他不认识他们，他也不认识我们。
他这时开始往右，树干生了锈
他侧着身子，突然很忧伤。他耸动肩膀，像是
漫步在堆积的云朵上，前后的担子轻轻晃动着
每个人都轻轻晃动着。我们要命名这种忧伤。
我们已经被收割。

群山之邀

谜底般揭开的,是你的体内
岩石承担着帝王的气候
群山迎风奔来,让你回答这静止的山水。
梦流着血,生铁冰封的村庄
石桥倚着石碑,电饭煲从云中取火
手机的取景框摄不出这一切
你看见群山向天空兜售着绝望
小兽奔向希望小学
寂寥的语文课堂,照相没有颜色
你心有囚室的沉默,生和死作为一个名词
这个世界终将失去,在哪里重现
他们所说的光明景象,在哪里印证
你曾从这走过,接受故地的邀请
空气并拢的双手,缓缓地
从群山捧出未来婆娑的倒影。

鱼
——给一个陌生人

群鱼乱叫。口中的词语经历火的锻打
像陨石,来自陌生的宇宙
新奇的声音,带着时间滋滋的旅行,多让人沉醉。

沉默的鱼儿,我们似乎在梦中,又似乎
身着龙鳞甲之夜,我们边游边喝光了整个地下水
时间经历过歌唱。你曾是树上行走的鱼。

但那是辽远的。曾经寂寞的冷,曾经钻心刺骨的美人我们始终
感激。

我们不曾相互确认,又去呼喊别的人。
能看清的东西永远那么多,饥饿一层一层。
在闪电里,我们游动如鱼,吐一辈子的泡沫,
就是吐一个泡泡。遇见一条鱼,就是成为鱼。

我们喝水,不明白水的忧愁。

隐　者

晴天，他们喜看日出，有鸟鸣不寂寞
披着云彩，热爱历史和农事

如果世事晦暗，他们将噤声，将做隐者：
冬日衣皮毛，夏日衣葛绨。

春耕种，形足以劳动；秋收敛，身足以休食。
他们清风明月，酒后读书

他们结网、钓雪、星夜乘凉。月至，抱幼儿入眠
他们是渔翁、猎人、砍柴夫、乡村语文老师……

日出而作，日入而息。他们逍遥于天地之间，
而心意自得。清流可饮，至道可餐。

他们将放弃人间常道，任性自然，骨格不折。
他们全是，全是那无名的死者。

小年夜诗赠炎石返乡

月台寂寞，恨我的人住在火烧云
而爱我的水牛角，仍在旷野里航行

麦垄高一声低一声地呼叫着
湖水里神秘生物一个未知的寂静。

荒林飞起的翅膀、夕阳、干而且冷，犹如
树枝折断、掉在无人的地上。

远处的村庄卧伏、泥瓦房筑起一个
苍蝇的国，余烟在寻找归途。

到了夜里，灰烬冷下去了，东风吹着
腊月里一只满脸屎气的土狗，

空气一阵荡漾。有人打我的头，有人
把烟火捻进眼睛里、等待最后的时辰。

不存在的诗人

不是非写不可,他甩手扔掉的十万个问题砸中他
一些有唯一的答案,一些则是永恒的谜。
雾中的霓虹灯为他不再是一个诗人而坏掉一半。
烟屁股垂头丧气。
没有晚饭,他凝视窗外飞逝的广告牌

飞逝,飞逝的热情灼伤他,爱他的东西反对他
手表束缚他的胃,鱼刺痛他。
异乡的声音,每分钟消失一点
饥饿的刀刮他肩胛骨,没有声音出卖他的肺

油烟里的真理缭绕着那沓纸,每个字跳起来吃掉一种结局

绝对的事情有相似的外套,细节是温柔又甜蜜
他还没出现就在雾中消散,一滴雨命中他的唇
门被推开,围墙砌进他的手。
更远的地方更逼仄,我们再找不到一张盲目的脸。

不是非写不可,他甩手扔掉的十万个问题蛊惑他
哪一颗恒星不是人造,哪里的骤雨源于日常的暴怒
无言的结局浇灭他,拳头握起来像馒头给未来
一个日出的海平面

什么是必须面对的
没有晚饭,夜色加重他异乡的声调
哪一句诗将结我于羞耻的树枝
没有什么可以再次击中他,一瓶矿泉水带他返回家中。

吴盐,青年诗人,目前在南京工作。2012年起与炎石、孤独长沙等同编"90"后刊物《进退》。诗作散见于《诗建设》《扬子江》《青年文学》《名作欣赏》等刊物。

肖炜的诗
· 4首

湘潭行

"戒色戒友,皆为正道"
　　　——岳麓山寺院墙题词

当酒瓶被高高抛起
我们便开始下坠
直到一同跌在火车站台
碎得稀烂,被生活的子弹吐出

嘘,小声一点
酒魂在上,别惊扰那狂躁的豪猪般的毛发
你是你的龟儿子
我是我的王八蛋
可谁又不是入夜后仓惶的野狗

呼,幼犬吠出第三声时
晕眩的魂灵就开始生出倒刺
被死死抵住的逃亡之口,火锅王者一跃而起
血溶于翻滚的红汤,溶于酒,溶于一场
净街的小雨,还有舌根飞扬的浩浩彩旗
我们只能暗中嗦粉,续命,平复焦躁的手指
可迷乱的天光终将点燃
我们身上不着边际的舞蹈

我们试图迸裂酒醒的红肿和淤青
泼染一片湘水
以此获得天底下独一份的故事
做独一无二的依仗

当然，你也可以选择
去轻吻那个洁白而丰韵的石膏
在两难间，和涎水一起
让你心底的谜光洁如新

呵，生活的秘密早已暗中显现
想想扑克里
被藏起的大小王
还有你我永远不知道的
下一杯

我就要吹响野格的号角，我们
将变成新的子弹，以命抵命
然后在同一个卵里再次孵化
共举起新壳欢饮
直至醉去，卧倒在橘子树下
彼时千万不要忘记
让世上所有的火星再炸裂一次
让世上所有的游魂再死亡一次
他们不值得如此孤独

在魏公村送别前来探望的父亲

当你被落日下的树影遮盖
我仿佛看见你的骨在熊熊燃烧
你摇摇欲坠的牙齿会是一枚种子吗
等待果实坠地，就像等待老的鹰取下它的喙

夜晚必须到来了，而我必须不断后退
直到你完全隐没在，你不断回望的目光之外
暗色竟然灼人起来
曾经这条街道，也许正是你的福地
而你漫长地选择，最终选择了我

你将你的愚笨也带给了我
是的，连你也无法告诉我答案
仅仅四个小时后
我便孤坐于一片浩大的中原

唯有酒，你血管里的酒流入我的身体
你的义气成为我的义气
你的梦藏身我的梦里

我会是你的谜底吗
或者多年后，我会成为你的影子
捞起太阳的灰烬
抹向他的额头

民院山旧事·白房顶

这是我们山上的山
是人间暗自传递的谜语，关于
一些汇风聚雨的手势，某个天人不谐的呼吸法
栖身的少年们有齐天之志，与七十二变
它腾云驾雾，是天上的天

那时我们如此轻盈
足尖垫上青石红砖，一跃就能到达顶点
也不惧严寒，正大光明
天底下全是黑色的火
人间昏暗我们便会熊熊燃烧

那时我们从不羞愧
这群占山为王的小土匪
过早迷恋上权力——方圆数千厘米
击碎路灯，捣烂菜地
顶上没有禁忌，烟酒俱全且无须成年
唯一的规则永远在等我们说：是
一人当一天的皇帝，有色情电影便一起宠幸
小王八蛋口含天宪，便是如此危险

但更多时候，小土匪无为而治
在白房顶上瘫得稀碎
直到起身时，留下所有斑斓的皮影
他们是这片房顶的国王
统治与梦高悬半空

他们和酒一起摇晃，叮当作响
坚信人间必有永恒与精怪
目力所及皆是山海
仿佛古今所有的皇帝
掷出野心如掷出空空的酒瓶

宿疾就是宿命
他们染上不老的病
和烂果子一起落在了房顶
直到太阳望向这，房屋毁去
五个少年隐秘地暴毙

荒山志怪

1
我们早已习惯了占山为王
心怀天下的一隅
山上多风雨
也多酒水
恰好听风听雨下酒最宜
稀稀落落好像
旧日里游弋的我们
一心不乱，嘴里喋喋

山顶上也有二重天
一冰一火
不也像冰冷人间里
一饮而尽的酒水
刺痛你，刺得人目前发昏，脚步虚浮
心底又泛起暖意，像从前少有时光里的温情

我们在这山头待得太久了
久到风雨终于汇聚一身
柔软又暴烈

2
山与水相会却没能成画，某种不谐
我们始终没能掌握远眺里的透视法

3
有时我们也会顺着铁轨
走去对面那座荒山头
看见枯骨、蛇虫、捕兽夹，好像看见另一种生活的全貌
烟烟火火的我们在这山巅
目力也没练出太远
直至此时也明白
我们只是这无名山上自命不凡的山精野怪
谁又有何超凡的命数呢

顺着铁轨往来的地方去
真能去到更好的时光里？
又或者会遇到，那意气飞扬的
山大王、流浪儿、无臂剑客、狗日的睁眼瞎
便劝他
"这铁轨已经荒废了许多年
回头吧，它什么都带不走了。"

4
又回到这老山
他已经太老了
大路再也朝不上天门
像软哒哒的阳货
低眉顺目地望着脚下
生怕落走一枚幸运的硬币

我们会拍拍他褶皱如花岗岩般的老脸
"哥几个陪你一起老
等你老到要死的时候，哥几个比你先死
到时候切要记得
湖川翻腾、山崩地裂"

5
这山里昼夜不分，晨昏颠倒
岂是不在人间
继续喝吧，天底下尽是琼浆玉液
喝到昼夜交替又交欢
全都混作一团
便又可以走在光天化日里

肖炜，1994年生于贵州，彝族，现就读于中央民族大学，中国现当代文学专业博士研究生，诗歌爱好者以及学徒，亦随导师敬文东先生修行诗歌批评技艺，中央民族大学朱贝骨诗社成员。

闫今的诗
• 12首

夜宿宏村

蟋蟀彻夜奏鸣间有急调,像是微物中传教士讲授要点,说痕迹或线索:其内心对理想国的构建,专注于直翅目的私心。遵循对话的音乐法则(令彼此愉悦)即形成意识形态,即号召英雄,即得好消息!牵涉到的观念之混淆或大成,异地的蟋蟀如何?居高位的蟋蟀如何?徽派建筑群内,它们的社会被置于遥远的历史,聒噪而长久的努力白费更不用说其中那几嗓微弱的童声。

试描述听小夜曲入睡的过程

小夜曲里几个连续点弹的单音牵引困意的滚轮,
好几道滚轮,前后交错的滚轮,运行轨道平行的
滚轮,以事件上劲的发条般的滚轮。滚轮中机械
咬合的声音逐渐覆盖"夜曲儿"。附:小提琴调式
绵长像未冷却的热芝士,拉丝半米做牵引绳。
数条线索并进但不齐头的、无绝对关联的事件。

试描述白噪音:篝火

嵌套,篝火的尾声像皮鞭凌空抽打透过层层障碍物后残留的回响。哦音节叠压,因此没有尾声。寒风狂涂的背景,几十道鞭在城市各个房间抽打的背景,爆裂声高的低的针点式消失,又像抽在同一个人身上。总有辆疲惫的马车在你脑门上踱步,但不是来回踱步,它踢踢踏踏,无限地跑远几乎隐身,又忽然闪现,吊着神经,好似善于在瞬间完成加速,以实现某种递归。

试描述某种音色，特定情景下的、人的

即试着拆解某种混沌的事物：形似圆柱，周身光滑，
底面破碎，因拉伸而断裂的干面团断口样的破碎，
圆钝的破碎，讯号群般律动，短促地弹出。弹出前
无法预知，不能破译。音节的圆柱低沉，刮着他的
喉咙。再拆掉起连接/包裹作用的螺丝和胶：蹒跚
老人拖着铁锹在他声带上艰难地挪动，像是深夜，
刮在水泥路面上的铁锹和他来自肺腑深处的咳嗽。

试描述一次生活的集合

两个陌生女人分别站在她的家庭旁边，挥霍自身的"能"
以便更好地顺从，顺从是教义，但明白地说出不是。
我猜想"光源"常常以抛弃和重选的形式出现在禁捕河段，
那是端倪：作为个体克制不同程度的僭越，比如杀人的
欲望。而女人温驯如原料般的懵懂之身，永随着指引，
她们将身披亲邻的赞许，几乎没有内耗地退出这场轮舞。

浮世绘B：1/8虾球披萨

爆浆芝士，铁皮上滋滋冒烟的棕褐色油斑圈（蛋清沫圈），烤
箱里的颓废哲学，像康德给德国学者带来欢欣那样。 九成食客
是开日租豪车的暴徒，他吞下1/8片热披萨， 把烤焦的边角渣捻
在桌布上，用纸巾包住仅有的虾球。他碰掉餐叉，那些熄灭的
预兆即家禽式兽性表演熄灭的预兆都因饱食暴露出黯淡和瞬间
失去道德约束的一面。

浮世绘C： 钻头与气泡膜

全包围结构。气泡膜上轻微泄劲的圆形塑料泡
仍有被手指点压的痕迹，有万花筒中镜像般的褶皱
褶纹并无规律。不要低估以百计的柔软塑料膜的
吸附力，当钻头突破转速的下限，以极轻缓地位移
在你身体中抛锚，当它自行矫正冲击点的偏差，
我看见自己被猛地抛起，宛如光斑中浮动的尘粒。

浮世绘D：怠速

他发力后停下，像卡车发动机怠速保持时它的鼻息
减弱，推力拐点给我透明度瞬间拉低的幻觉：金属
钳爪与扳手在他体内错落悬坠，反复相撞。急救
推车的轨道铺设在隧洞中而我半昏迷的躯体在其上
滑行。或是点滴瓶叮叮当当，医生的中景/近景/特写
穿牛仔外套的医生，按压我因灼热而乳化的腐泥之躯。

浮世绘E：红白蓝雨搭

下面是受潮的柴垛，一说祭坛。"有时祭坛不过是
孩童手上浑浊的玻璃球，雨天尤其像。"于是孩童的
形象出现了：他多变情绪中的倒钩在雨雾里摆动、
尖塔、舌苔/祭坛神圣之入口，双开门，谁与之对接
谁就向自身中心塌缩。只以重力遮盖的红白蓝雨搭
为何能传递隔空的抵压，在柴垛中几根短的上方？

浮世绘F：大灰象甲

黑暗中你摸它鞘翅上的纵沟，凸起的触角索节，像荒田中沟渠
连着沟渠。你裤脚的湿泥巴与它前足中结满的鱼冻触感别无二致，
但后者独有的岩洞地貌：石灰岩，笋形的碳酸钙沉淀物，它们
分身的幻影重击你而不仅是纠缠。大灰象甲发狠收紧腿节，你就
被短暂地囚禁在它的暴力中，无限拉伸的短暂，无解的囚禁。
黑暗中它喙部密披的金色鳞片，随着沉默的上升旋律变换光泽。

浮世绘G：美凤蝶——雄蝶

向上垂直的凝视没有确切意义。你身上缀满图像性的语言——有些
溢出，成为流淌的隐喻。背光——像湖水被磨损，你翅膀上各色的
鳞片和描绘它的词语皆失去光滑的细节。远离是迷惑性的修复，
我不会，远离一只动物/昆虫/纸片鸟类，说它是天使也好。
总带着新和中世纪出现，在我头顶展翅，用冷灰色表现神光，
荧光蓝铺底。有时凶猛，又以尾突之暖补救齿状外缘的缺憾。

悲伤的镜——致SIIIG

1. 发条密码

发廊门口她扶着一个矮小的男人,骨骼发声器装在她
两只脚踝。向前,从黎明直接跨入黄昏,冷调的灰转入
暖调的灰,一整天,街道两旁嗡嗡振动的机械喇叭,
灯箱壳里滋滋抽搐的胶皮电线、机动车、非机动车和人,
都在这种衔接不当的过渡中失去了自身的声音,她同样哑,
只是张嘴和听,只是站着,身体露出电子图像的雪花破绽。

2. 迷逝倾岛

海岸线上隐身于暮色的旅客不构成哪怕一个独立的像素点,
他的颜色与玩闹的、亲热的、怄气的旁人无异。对成年的
海鸥来说,孤独不具有特殊的气味,什么都比不上贴近海面
在恐惧中冒险的鱼或踩着潮退去的小蟹令它目眩。他们没法
互相分享冷风袭来……(旅客:大脑像是被整个取出用青藤椒
熏香后放回。)(海鸥:同伴彼此依偎,妄想掀开饥饿的穹顶。)

3. 第三只眼

比敲钟人更笨重的自动摆臂锤长——短——长地撞击青铜器皿,
声波球状闪电般荡漾出去,在巨大塑像的脚背上滑行。
不多时,重锤变化形态为纤维丝,拉扯至断裂处坠着
两串苦涩的果实,更苦涩的在它们身后的母体中。
浮莲被蚊子搅动的光覆盖、水缸破损的缺口形成乐园:
六足亚门,有翅亚纲,在这样缓慢推移的日光下群舞。

4. 花的阴影

想象中的花田也令我腮内发酸,它们过于密集了,好像我
咬下一大口面包后不得不艰难地咀嚼,咀嚼时持续发酸。
我走向远处的篝火堆,曾经它熊熊地燃烧而现在只剩
烧黑的木棍,几个孩子留下的痕迹活不过今晚,
更远处的村庄也在回避,花田凭空降落犹如皂荚果的
汁液滴入油污之湖。它失魂般坐着,任由黑暗裹上盔甲。

5. 悲伤的镜

独舞,在独居系统的内部,跳跃造成的舒缓的颠簸拖动脚镣、
必要之镣,如同玫瑰永被缚在茎的培养皿上,如同惊叫之于

睡梦，液态之蛾汩汩不断地流入吸顶灯。其实是圆舞厅，
是多枝的银质吊灯，其实是双人舞，和她不固定的虚幻的舞伴。
每天晚上，他们从储物柜的顶格横步/超长步至窗台，在通往
自由的入口用力刹住，当她返回，全身镜的底片只留下残影。

6.第六片海

海鸟……说"响彻"很不准确，我一失神那些叫声就消失，飞翔着
翻转着的叫声渐远/淡出，无法为观光者占有。有人拉小提琴，
在海边的餐厅走廊——巨型岩石上，他把乐声向外推离自己的身体，
用餐的人们随手揽下一嗅，放开，如同放开一个正在游泳的人。
于是乐声传到海鸟的阵营中去了，文明的和野生的这样交会：
浅水区的人竭力往深水区一跃，深水区的人竭力往禁泳区一跃。

7.秘密护士

起初他试着让自己的的视线变重，成为胶或废铁，他希望看到
病友家属吃力地掀开它，没准投来不解的眼神，啊，一个注视！
他也练习透视，跟弹过道尽头逃生指示灯闪烁的曲调，不再
因为有人站在他的视线上中止。这个舌头紫得像赤甘蓝的孩子
在旷日持久的练习之后，终于不用时时盯着它看——指示灯也已经
气若游丝，记忆深处与其气息匹配的微弱的归属感凝固在地板上。

闫今，1995年生于安徽宿州，现居合肥，有作品发表于《诗歌月刊》
《诗刊》《人民文学》《清明》《星星》等，出版有诗集《暖沙》。

炎石的诗
• 6首

幽州台下歌（选二）

距离的组织，赠兰童

如一只攒满了香气的木槌，
敲打在晨钟暮鼓般的身上。

因为是即兴做了一件乐器，
那奏的便不再是个人悲喜。

春夜宛如黑胶唱片般转动，
听一滴滴雨从音符中逸出。

不再有因罗马独上的高楼，
请伸出双手接一接十点钟。

永宁门前遐思

长安控股下，有锣鼓喧天，
SKP前，抱孩求助的中年。

莫要去行善！如不想自怜。
不尽的霓虹里也有你泪眼。

我不能陪你唱破音的情歌，
再不幸也不能使冷眼变热。

且看超短裙下亭亭的双腿，
且看谁会为你添一副筷子。

塔园杂诗（选三）

其二

服务区乃长亭短亭的来世，
机动车加油，远行人小憩。

这漫漫长途里寂寥的小站，
数青峰上，有无你的坐鞍？

那来自于新世纪的鱼和雁，
把故乡标记为一个小红点①。

当望眼导航至干涸的手腕，
此高速便是彼输液的软管。

远行人便是软管内的药滴？
去救治一种名为乡愁的病。

当一只脚松开悲欢的离合，
另一只已把圆缺踩成引擎。

　　①化自卞之琳《音尘》："是游过黄海来的鱼？/是飞过西伯利亚来的雁？/……/他指示我所在的地方/是那条虚线旁那个小黑点。/如果那是金黄的一点，/如果我的座椅是泰山顶，/在月夜，我猜你那儿/准是一个孤独的火车站。"

其三

越靠近便越发四维①里拨动
那流水，似长镜头的闪回。

直到一面小鼓从手中滑落，
一生里头一件伤心便付与

这流水。浪花应着他的哭，
将扔来的土也当礼物带走。

他归去，挨了打又吃了糖，
从此把怨恨都撒给海龙王。

海龙王走进了小孩的甜梦②,
把定海的神针削成一根笔,

罚他在河边画流水的线条,
假如流水能回头③,便作休。

  ①四维,指的是《星际穿越》里四维超正方体,其状如编织的非线性时空河流。
  ②幼年曾被长辈告诫,撒尿到水里,海龙王将夜里来割牛牛儿。
  ③有歌曲《假如我是真的》,原唱为邓丽君,蔡琴、王菲、费玉清等亦有演绎。歌词有如下几句:"假如流水能回头/请你带我走/假如流水能接受/不再烦忧/……"

其四

特大桥①下,才得以从蓝图
背面仰头看:凌空的车道,

混凝万姓的辛苦,汗终于
滴到天上,力终于被赋形。

不再像作物,一岁一枯荣,
使出的力反复消解于土中。

祖先们,修长城、挖运河,
子孙们,建大桥、筑高楼。

这历史长河里同一批沙砾,
从一个转移到另一个工地。

当他们于百米高空俯视我,
我们之间似有上下五千年。

  ①指福银高速陕西段两岔口特大桥,该桥位于塔元沟口,乃塔元村村民必经之路,桥高近百米,建造者多来自于附近农民。

卫八别裁

1
参星与商星乃一柄折扇的两端,
无数叠夜,松懈了头顶的木簪。

照亮相遇的灯烛也照亮风皴的
晚脸。人生如一袋闲抛的金丸①。

是什么仍向着皇帝驱动你公转?
且弹一弹身上的风尘醉在奉先。

2
窗外的雨声放大了回忆的分量。
仿佛蠹鱼啃穿旅箱内一本日记②,

只为比对时隔廿年的两种境遇?
简体的儿子,长成繁体的父亲。

绕膝的儿孙活泼如新鲜的时令,
打听着今夜的雨,从何方润来。

3
飘零的心绪如凝脂在锅里化开,
一勺油,也涂满了胃里的江海。

珍藏的美酒,推助永恒的波弦,
渐细的诗律,塞进更多的酒杯。

可还是不醉!是春雨冲淡了酒
的度数,还是喜悦抵消了层愁?

4
卫八:再想起你已是一场灾难,
你是否感受到山岳轻轻地震颤。

我仍受制于尧与舜的一个弹指,
不能够像你一样在林外停下来。

再见! 将永隔于这茫茫人世间。
再见! 如草露曦光里打个照面。

　　①李商隐《富平少侯》:"不收金弹抛林外/却惜银床在井头。"
　　②王子瓜《松江府听雨》:"老板在后院砍伐芭蕉树/他说常有客人抱怨它的叶子/放大了雨声,和愁的分量。"

炎石,1990年生于陕西商洛,现居古城西安。曾与吴盐等友人发起进退诗社、并参编即兴社刊《进退》。曾即兴发起"南方进步诗人奖",开九〇一代即兴诗歌奖之风气,历四届后兴尽而终。著有诗歌手册《罗汉草》一种。

姚彦成的诗
• 4首

灯

夜里我们走在水泥空地上。
手电筒发出的强烈的白光照亮了这片水泥地。
我们得到了黑暗的结果
以及我们运动的脚。却不知道
该如何标记以不回到原点。

事实上并不存在这个我们将要回到的原点。
每一个我们到达的被光在黑暗中照得发白的水泥空地
都与之前我们所看到的那个地方没什么不同。
而你以为我在讲一个故事吗？就好像
我经过了什么因此拥有对它记忆的标识。

事实并非如此，
我并非在讲述一个故事，
这种故事—记忆的标识总是使我们彻底消失。
我们习惯于把自己代入故事
从而丧失了自己的感受
只拥有故事给予的感受。

故事是一种坐标，它昭示着这种想象
即成为坐标标识的某物。
如果坐标是一个具体的场域，
那么我们就把自己想象为那个场域本身。
如果故事是一个大楼，
我们亦把自己想象为楼房建筑本身。
总之，我们在诸多想象中成为坐标本身
成为坐标昭示的事物本身。

这是一种想象的预感。
想象看见树的绿带有绿的深邃
便进入它的深处失去人的活力从而被自然攫住
由此成为自然幽微的影子。
我们在这种影子中存活并且匍匐生长。
想象即将到来的墙壁的撞击，
并去到整个身体巨大的震动中……

我们在一切的想象中这样展开
——去到肢体将来延伸的动作，
并且以一种他物的形式成为自然或者坐落在此处浑然不觉的庙宇，
包括那些展开的虔诚叩拜。
总之我们在想象中甚至模仿佛低眉顺眼的目光。

我们究竟成为了那个被想象之物还是它的动作？二者无法被准确区分。
但在这种想象的日常中，无数个标识取代了我们，
它在城市的任何一处成为广泛分布的想象的身躯。
成为蚂蚁，成为巨石，成为微风吹拂的公园，成为
烈日灼晒的河流。
任何一种宏大与微小都顺着大脑中插着的天线发射，
指向苍穹。

回到我现在所在的水泥空地，就好像我突然出现，
但水泥空地是否以它的无参照在等待着我与它进行相互辨认？并不。
地面的铺展不会主动察觉到"哪儿"，在它混沌的意识里
是我的来临、光的照明才出现了这个它身上难解的空缺，
由于它至今不曾像我回忆过什么，因此得以把注意力放在我的身上。
它努力地了解着我，就好像我也在努力了解着它，
然而这一切都徒劳无功。
因为我们都无法理解一个在自身中虚位以待的坐标
它在理解之先。

热带的忧郁
—— 致王寒

继续让它运转，除了被铣削得锃亮的静止部件外
有持续咬合的齿轮，按照一定规律滚动的钢珠
以及往返运作就能产生责任的活塞。
它们肩负着自身，如同小蛇在缠绕的爬行中通过肌肉来僵直它的性命
以证明身躯的重量。这时

它们足够享受自己沉浸的瞬间
也能在运动中让自身将要持续下去。

一片空旷的平原确是这么布置的。
许多工厂在这里，无烟烟囱只不过是象征。
现代，静默的运作来了。旷野不再种植它的秘密
而只是让机器们沉默着表象，就连静止也内蕴其中
它们暗自传导着。
无人知晓这些机器的运转究竟怎么回事，是否有一种智慧
在互相的应答中生产时间，它们与我们人类无关。
我们对其一无所知，误把此认作了永恒
像那些沉默的零件一样持久。
倘若它们的身体有一个接口的话，我们之间的代码也许能相互对认
并在钢铁脐带的连接中感受它们宇宙内部消耗的星辰。

那不是潮湿一样的身体。
落雨虽然可以滴溅在它们身上，但潮湿往往伴随着清脆的震动
使它们感受到超越持久的冰凉
并在雨水滴落之时由于听见远方的空音
从而出现刹那的迷惑。
这潮湿不会令它们感到浸透的眩晕（就像人类那样）
眩晕接壤着平原
——连续的降雨，在我们身上弥漫出更多的沼泽。
它会把我们淹没，成为夏天，使我们成为夏天中的一个。
当我们成为夏天中的一个后
鲸鱼终将把我们吞进地球的潮湿中。

但它们是不同的，呆滞却不会混杂，
在运转之外突然接向了一整个瞬间。
还记得我们刚刚接触的时候吗？那个时候
我手掌上布满的汗与出生时相同，它与时辰一同混沌着。
而在机械们好奇的眼睛出神的那一刻
便把它内蕴的时间流转给了我，
使我感到时间在大海里飘荡着。

重组身体

在工厂的空地上
吊车和远处的山峰相互谐衬，
它斑驳的吊臂有时会像森林在我们身边留出的阴影角落，
如果不注意不会有人发现这一点。

他们只是易于受到突然飞起的鸫鸟的惊吓
而吊臂至多仅仅是把大地的岩石呈现。

吊臂的材质曾经源于大地，
它们具有相同的黑暗和深度。
在经过无数次加工后它产生了变异，
这种变异是由加工所造成的。
反复的锻造使它黑暗的光辉被糅进了内部，
于是它成了一根斑驳的铁柱，
而我们则无法抵达它和大地的神秘。
这种神秘再也不能被揭示，
更不能通过细致的剥离来观看。
即使把它粉碎成沙砾
也无法把黑暗从中掏出。

因此加工具有神奇的力量。
反复的锤炼、磨削，塑造出一个独立的外形。
它以一种特别的方式完成了大地的转换与变异
分散在漫无目的的坚硬形象所塑造的阵列中。
这种转换的根源不再连向铁臂和大地共有的黑暗
而只是呈现为单纯的形状——
钢铁的形状，橡胶管的形状，抑或是陶瓷饰品的形状……

它们在我的身边如此呈现，如同雨后春笋般
却并不蕴含着亮明自身的示威。
直到有一天它们把大地的神秘掘成空空
那就轮到我们把自身剩余的神秘亮出。

白　板

幼年，我们热衷于打麻将，大人们不打。
麻将的隐晦犹如一个个谜团呈现于儿童们的脸上
使他们感到立体的奇怪。
这个多面体，每一面都如此超绝
由于它的面数未知，据此总是相互交错着
平坦成一个维度，用以把一生的复杂搅拌压制成墓碑
使之以九十度与地面垂直对抗。

只有很少的时刻是如此。
如同偶然的热病把我们笼罩在谜团中
儿童们的热衷不得不让他们直面此事

——我们是如此地热衷于麻将的谜，像妄想症
把麻将的游戏之谜变成了真正的谜。
这意味着麻将的规则将不再谐称，而是破碎出麻将紧锁的自身。
倘若麻将掉落在地，这个谜就会消失吗？
并不。
麻将也许会消失，但谜永不消失，它把他们陡峭的行动割据出来
使之在大厅中呈水晶灯悬吊
远离一切真理，光滑而又秘密。
于是，他们想去探寻水晶与地面展开的间距。

但这难道不是一个玩笑吗？一个有关出走的反讽。
曾经在水晶熠熠内角中的一切如猴子捞月，
交错的闪烁为它自己设置了一个梦幻。
水面用它的转移存储着来自不同方位的照耀和反射的交叠
并在每一个波面的重合中用积攒的回忆把他们唤醒。
他们从黑暗中醒来，分配行动
佛陀般把游戏内部搭造的平衡稳定地点缀于虚空。

而现在谁来点缀他们？
点缀的支配感经由黑夜向夜空举起一支净澈的透明
了却了曾经圣光中毛躁的欢愉。
他们把透明化入镜面，
通过在镜中世界的化用，远离了与"支配"
自身黑暗的区别，由此凸出它不同于黑暗独一的整全。
在这透明与黑暗的差异中，摄像机的玻璃镜头上涌动着时空的流转
繁复的多面体不再在镜片内凿壁呈现，只是引领黑暗穿过它
并使黑暗保守在它映现的涓流中。
它飘浮在空气之上或使黑暗明晰
却感到所有的黑暗都化为了一个个微小且短暂的影像
从而使它成为了与黑暗一样互不了解的谜团。

姚彦成，笔名北濛，1995年生于云南昆明，哲学硕士。有作品发表于《诗刊》《江南诗》《完整性写作》。曾获云南大学银杏文学奖诗歌组一等奖，作品入围2021·东荡子诗歌奖·高校奖。

叶飙的诗

· 7首

小学纪事

那时，我们贫穷，
没有电脑、手机。
我们玩弹珠，目送它入洞。
布鞋粘上泥巴与灰尘。
我们的衣袖不会长长，
被手臂超越，一日重复着一日。

那时，父亲在城里读书。
电话的一头，我说道，
要像母猪一样吃饭。
春风里，我说完去玩棍子。
燕子飞过门槛，
在厅堂的门梁旁边筑巢。

哎，往事是雨后的春笋疯长，
可楼下的桃树多么瘦小。
我也该喝完杯中酒。
日日耷拉的凉鞋面对着
一堵高高的洁白的空墙。

清晨行记

风在异乡，掀开薄雾的一角
一排香樟微微颤动
摇曳中，它惊觉身下行走的一块石头
缓慢，将遥远微闪的星辰连接。

"而……星辰又去往何处？"石头感到沉重，
它听闻月亮的轰鸣渐小。
世界已经不再晕眩，
它和那些建筑之间，只剩下被涂抹的时空。

在这时，东边的湖水翻卷着蔚蓝，
一棵树上的锦鲤落下来，带来
受伤的消息："一些变故，危及着
山谷、森林和房子。"

"哦，这可怎么办？"石头更加沉重
它扩大身躯，在清晨
晃荡着樟树分泌的忧伤。
而风此刻止息，薄雾涌来，遮住你的眼。

旅　程

醒着，做过去的梦。
那片草地，从没沾染上奶油；
他还是另一个他，
要身为太空宇航员，观察天空。
星星那么清晰，
连银河，都肯定是乳白色。
对以后来说，在瓦片大的故乡，
他并不是由细胞组成。
但那时候，空气中流动的分子
像现在一样流动，
像杭州作别的燕子一般飞翔。
再做已是做梦中梦，
他翩翩启程的时候，灯火、黛色的山包，
一一点缀在田野中间，
然后是未见的安徽，蔚蓝的水球。
是的，他像该飞上去的那样飞上去，
分子悄悄送来别样的气息，
在合肥，在149公交车上。

登黄斗坡
——祭祖,为爷爷而作

一日将息,你工分满了十个
偷下闲:
你爬上半山腰,让光头
　沐浴在即将入崦的红太阳
这是你的专利时刻
满意地,你摸下鼻头的肉痣
　连新松也答应你
为后来者指引前来的山路

坐转而站,于是你想
　择日不如撞日
这电流般的念头一过
我们便在多年以后之字般上升
　而你早叉好腰,穷尽
　你的千里目:
丙申的春风为我们开路
杂草齐人高,醉得一一俯卧

　哦,是的
万不可不说的是相聚的沉默
我们与你用心眺望
　白云无尽时啊
仿佛翻滚涌动间穿越生死
而天色忽已暝,我们一侧身
向着卯西向的尘世
　一颗松果般下山去

天　赋

已经来到此处,他必须专注
这是人生的一段旅途
而悬崖下的一群牛提醒着
还要慢下来,不能着急
他知道,这些无法触及的神牛正在
一边吃草,一边为他祝福
相应的,他不会被大海所吞没
因为获得了凝视的天赋

关于一件衣服的短歌

1
一件衣服,被悬空。
那空间被白光铺满,并

抽离了睡梦。对这件衣服,
世界失去了想象、修辞。

没有母亲,愿意为它打上补丁,
没有诗人,愿意为它押一次韵。

一件衣服的卧室,
已经被永久地拉上窗帘。

2
现在,它只渴求一个情人,
不为了那些崇高、修远之物。

肉体成为了它的欲望。当
情人的手臂穿过袖口,

当,两座南方小山耸起,
这一次,它获得了短暂的触觉。

它也是有肌肤的么?
这感觉如此真实,并不标准化。

3
当夜晚忽至,再一次
它被悬挂。在这个鸽子窝的世界,

它的保暖功能带上了温度,
它的遮蔽作用显现了色情。

而情人已褪去了一切,
在卧室的正中央、白光照射的中心。

它知道风暴而激动如大海。
它震落了纽扣,叮叮当当落下意象。

忆游成都

诗人们，早住进内心的二三线
那些大诗人们，腾出来位置给你
即使是在杜甫草堂
我也忘了，谁注的版本才是最好的
穿花蛱蝶深深见，是因为
你看到才被我想起来，真实先于语言

白夜是酒吧，香积厨是饭店
诗江湖再深，也抵不过我们喝盖碗茶
喝完它，再去品更贵的精品茶
本地人会享受，一边喝一边打麻将
我也是一介布衣，穿深蓝色的公司文化衫
凹一个深沉的造型，并小心不拍下公司Logo

你印象最深刻的，也不是
时尚、时尚、最时尚的太古里
奢侈品性价比太低，美的奥秘在花时间维护
反倒，你记得成都的火锅太辣
蘸料倒满香油才能吃下去；你还记得
熊猫太懒，要么在睡觉，要么在吃竹子
我听这些迷人的细节，甘心于只做一个小诗人

叶飙，1994年生于安庆，2018年北京师范大学经济学专业研究生毕业，现在北京工作。有作品散见于《江南诗》《诗建设》《扬子江诗刊》《飞地》《涂抹》《活塞》等。进退诗社成员。曾获复旦光华诗歌奖。

颖川的诗
· 6首

俗　世

而何处演奏过孤绝的雪，毕生
在漫漫音叉的旷野上窃取夜寒？
辰光稀少，何处也有过孤绝的你

回　首

寒冷的时日，我等待你已然太久
细雨中孩童正哭喊，当暮色消弭

谁是长居于右边的人？谁所钟情
的逗号，醒来时日日教人战栗？

在飘飞的雾里谁堕水？谁在水底
想他未来女儿的美日渐稀薄？

"吴语声声你的崩溃在哪儿崩溃
我的转身就在此地要被迫转身。"

寒冷的时日，原谅我——
是你令我长生犹如现象——

你所钟情的逗号，始终难以画成圆
我也不再学你，向未来求欢。

晚　宴

已是新的一天了，城市也迎来新语言
未曾现身的雨具，像蝙蝠在暗中期待

听见吗？当的士游过路口，那异响
仿佛海的声音逼近落水的船员：
迎来又送离，也擦亮隔岸低空的冷

遥远。此刻对望的幻景，也有一瞬间
奇崛、陡峭、斑斓如冥想的晚宴，但
——风暴拥有它克制的美德

可那究竟是什么样的声音？迎来
又召唤？仍还在叮咬、追逐，不放过
茫然无措向黑暗伸出的每一双手？

是的，晚归者收伞的动作无限长：
只还有寥寥数人，在寒雨初降的夜。

追　问

　　"对称隐隐觉察的一次意外"
　　　　——张尔《飞地》

从湖贝路到湖北路，在这音调的
撤退中可有性命在消散？大块的冰
从市场被运到了医院，要遭遇铁钩
古玩城的不朽仅剩三天，果然式
已收回它滥情的表白；从留长发
步履轻逸的人，到头戴鸭舌帽
背着双臂的人，在这身姿的奋进中
可有姓名在消散？封存的气候
到来时，拒绝分配和蔼的笑容
与其再退到"湖杯"，不如想想"湖"
有多激进，更令人确信：在深圳
和上海的天桥间，必有生命将重返。

海　上

"你我的区别，就像松鼠
和高高的水杉，饮雪的人与砍花的人。"
昨夜灯光穿过雨水，落在这海的城市。

他整夜
听着众天使们轮廓消失的声音
想象他们越过梦里的灯塔、屋顶和餐桌。
堆积如山的鲸鱼仅仅是一次道别。

"我没有我的船。我的岸在喊我。
我在赴约的路上，遇见另一些溺水的我
平静而安详，并不期待救援。"

天亮后，他去看退潮。
一个人，湿着身子，他看蓝色的云。
那从高空降下的光线不断延伸着
在某处，在一个最低的角落
暗中洗亮所有过去的失败和沉沦。

"昨夜灯光穿过雨水，落在这海的城市。"
海水起伏，托着他一生的睡眠。

无名咖啡馆

某一日当冷酷的水杯坐在滑板上不动
暑气中维持着死的平衡。何以诉说？

新生活受迫于森严的新华书店
对街，麻雀跳步而不在乎求生。

颖川，诗人、策划人。1991年夏生于上海。出版有诗集《幻听》（秀威资讯，2019）。

余幼幼的诗 · 9首

孤 岛

孤岛建立以后
周围的一切自然而然成了海洋
这是密度更低的海
被无数念头推着翻涌
环绕着岛的边沿
以剧烈的摩擦唤醒一朵浪花

我站在人群中
像岛上众多石头中的一块
但毕竟不是岛本身
人不可能是一座孤岛
成千上万的人才组成了孤岛

握住一把枪

多年后
手已退化
仅够握住一把枪
如同握住手的前生

回到生活中
枪必须在脏水里搅拌
在雾的表面擦拭
在额前发烫
在伤口上包扎

枪管指向
现实中的每个人
越来越像一只手
瞄准靶心时
子弹就紧握成拳头

没有的人

新的过去在不断形成
等记忆把未来研究出来
我们走到彼此之间的沟壑两边
大声喊话或修剪灵感
把占据的抽象换成身边事物
把离开的爱人接到脑海中
重新编排一个
不同于以往的故事
我会变成一个不同于
现在的人
也不同于任何时期
就好像我是一个没有的人
却目睹了所有事情发生

烟　花

嘿，新年快乐
我在一扇窗户内望见
烟花奋不顾身地
跳向天空
然后湮没在看不见的漆黑里
嘿，你难道不快乐吗
这仅是急促的泯灭
而非高空坠落的自杀行为

你再看一遍
它们的色彩、明亮度
都与瞬息一样嬗变
与心里滑过的
某张面孔一样倾向于炸裂

砰砰砰

嗯，就是这样
没有接下来的事情
窗外的空乏
没有任何改变

北　方

吸入二氧化硫的方言
发生了诸多变音
在舌根上起伏
试图淹没生活的无常
光秃的北方挂着雪的呼吸
如急促的车辆
一拐弯就凝固在了他乡

无限小

带着宇宙离开后
她又坐到飞船的火焰上
人们陆陆续续睡去
把清醒的人衬托得十分奇怪
他们不闭眼
她就充当他们的眼睛
她闭眼
就充当黑暗的一部分
跳进深色的目的地
双脚怎么也踩不到地面
于是她又要重新离开一次
宇宙缩到无限小
容不下一艘飞船以及
她的离开

无言的反驳

酒有时候是坏人
有时候是亲人
有时候是没有性别的人
我在这样一个人
的怀中辗转

在这样的柔软中
寻找肉
寻找反驳

最后
我会醒来
不知身在何处
因为酒精也已醒来
带着透明的肉和
无言的反驳

写　信

有人送来了酒
有人点了一支烟
有人在写信
坚果倒立在桌上

信纸铺成床单
让雨水平躺
冷空气在喉咙里
置换了体温
聚成一艘白船
开往昨夜的码头

用情之事
沉没了又沉没
翻越胸口的礁石
率先找到一个冒号
而始终找不到一个句号

面　具

脸上的弹坑
是青春期留下的
我们被一些精巧的子弹击中
而被命名为成长的战争
如今证明是非法的

我们也经历过与自我的

分解与重组
活下来的脑袋
已经找不到支撑的身体

从战场上返回的那天
像参加了一场化妆舞会
戴着死人面具
它与脸如此贴合
仿佛一张自然生长的面容

很多时候我们都与
牺牲者混在一起
互相传递体温
使之达到一个平均值
谁都不愿意
变得更热或者更冷

不愿意用真正的死亡
去弥补
作为人的缺陷

余幼幼,青年诗人、野生画者,会用塔罗占卜,重度猫瘾患者。出版有诗集《7年》《我为诱饵》《不能的风》《猫是一朵云》,双语诗集 *Against The Body*、*My Tenantless Body*、有短篇小说集《乌有猫》。

余真的诗
· 10首

礼 物

这是一片梵高所凝望的夜空,珍珠梅
缀满幕布。枝叶纵横使枝叶纵横失去了
它的错落有致
滔滔江河替代了,原本的滔滔江河

还有什么周而复始的新鲜,可以献给你
星夜转瞬即灭,天空到处都是

多么迷人的一天

多么迷人的一天,我回到这里。
那些属于我的声音,低低呼唤我的名字。
猫在一天之中变换睡眠的姿势,
我的心情是晴雨表随你起伏。
动物世界里的每一个角色都那么可爱,
虽然我分不清楚企鹅的差别。
熊猫的眼睛总是隐形。臭鼬的名字,
在你面前抖动暖烘烘的香气,小蛇每一件
衣服的花色都俏皮至极。你可能不相信,
你的名字,始终能散发出一种魔力。
你是让我这棵野蒲公英迫降的一小块,
难看的礁石。你是汉语所能表述的极致。
你是恶劣的极端天气,总能激发
一种叫难过的灾难。你是一块夜晚。
因为你是我的失眠,也是我的入睡

重复的一个梦魇。多么迷人的一天，
极夜来临，海在我身上盛开，
命运向我传递一个唏嘘不已的温柔。

雨　靴

一切都被使用旧了，无论是
言谈还是争吵完毕
空气里燥乱的平息
只有雨靴，像新的一样
雨天和泥泞让我把它
短暂想起，又很快抛诸脑后
雨靴到今天还像新的一样
和倒数三千个昨日一样贴合这双脚
它没有变动过，和朝阳一样

雨靴，我有一个揣测
也许我这一生从未下雨
一切都是准备，一切都是我的幻想

爱的教育

如果诗意像烤红薯一样唾手可得
祖母应该在傍晚带有的米汤味的空气中
推开我卧室的房门
这么多年只有这样的闹铃令我心安
后院的梨树在荒芜中烂掉
指头大的果实年幼时死于鸟喙
黄狗在石梯上跳着音阶
远远对着归来的祖父发出
幸福的呵斥。夜晚使家犬误认
而月光会逐步点亮
他们虚幻的身形，直到
鬓角与月光浑然一体
这时我已软绵绵地端坐
夜晚这乌青的眼睛以及河流
如土地细嚼的慢慢的吞咽
波及着我祖母枯槁的身形她
拍灰的姿势，她不怕烫伤的手

包上纸张将装裱完的红薯递给我
等我发表出魇足的感受
等我在那些简朴的爱意中成长
等我成为一个真正的诗人

丈夫和雨水

所有的天气都会过去,但一个女人
并不是每一天都有丈夫

昨天我的伞丢了,丈夫在送伞路上
我感受到的身体的冷,现在让我费解

令我产生切肤之痛的雨水
已经不能站到我的面前

归属地

六岁时你痴迷田野、用植草的秆吹口哨。
那时候天高云阔,蛇类穿行在阳光下,
我们和蛇,相互避让。彼此都没有危机感。

天空比你阴郁

没有人更比我懂得顾影自怜的快乐
没有人更比我了解海水的空,违和的舰队
没有人更让我懂得黑暗的饱满,一片黑莓
我羡慕你身边的人们,总是伤害你眼中的宝石
被伤害的石头总是那么迷人……拥有
自己无的外形。我羡慕你脚下的荆棘
爱过那么多的红萼,我羡慕你坐的石梯
少女的裙角是野蕨的窗帘,我羡慕你孤独的
生殖。即使你丑陋、与针尖为伍
你不像我:冷水浇头、内心塞满了棉花,
闪电清晰我的手肘,冬天曾密布我的四肢百骸
我多需要她们的爱,尽管我就是她们的胸腔

莫测的云……少年时你的绯色,深深给过我安慰
翱翔的鹰隼……中年时你的骁勇,感染过你的父亲
可是你们善变,让我失去着你们……
雪花成为了我的泪痕。整个冬天我是多么消沉
忘记了我的理想我的蔚蓝,尽管我的渴望对我这样崇敬
尽管她们和我一样充斥着露水和海鸥的眼帘
尽管她们对我的爱和对你们的一样,可是你们确切
绵软、拥有温度……拥有形状,她们形容你
她们爱我,不理解我、不屑于了解我……

献给河流

如果可以,我想作为河流
雄浑、激情,灌溉生机又咏叹死亡
蔓草和尸骨同时在我的河床
裸体和垂柳同时在我的水面
那样包容,像天空那样凝聚
河流它是那样地独立
在任何手上都能滴滴分明
大河你力挽狂澜,大河你孕育风暴
大河你哺乳荒田,大河你把命数
搜刮一空。美丽无边的大河
幽深广阔的大河,鸣笛呜咽的大河
让岩石粉碎,让群岛成为孤峰
让枭雄成为不复重来的遗址
让它的广阔无边分化成涓涓细流
伟大的河啊,愿意屈膝于平凡
伟大的河流谦卑地映照着世界的倒影
它把自己的肖像永久退出
它磨砺着大地磨砺着重峦叠嶂的山脉
磨砺着田地里的粮食磨砺着
它如此激动人心地度过了一生
可以伟大可以神圣可以高潮可以厄难
可以低迷可以枯竭可以激流勇退

遗　憾

星期一的早晨，我们踢醒了露水
太阳是一个打翻的罐子，泄露着光芒

中午野狗在梦里拱着阳光摊开的粪便
狗尾巴草，在酢浆草中央徐徐起舞

在放学铃来临前，我们会漫不经心
属于一场寻常的发呆。麻雀依然
毫不松懈，在它的钢索上来回巡视

池塘的浅水滩，小狗的舌头舔着我
如同奶奶的蒲扇催眠一锅不安静的粥
在那样的阳光下，能生出无限渴望

愿我一生都有这样温暖宁静的水域
愿我一生都有这样惬意的下午

月　光

他在春天里开垦，亲友去城里修房筑楼。
他们的情谊，如同乡里架着木板的河沟。
死亡从未失手，月光无限温柔。
亲人和故乡，埋在他的四周。

余真，1998年圣诞日生于重庆江津。作品见于《人民文学》《中国作家》《诗刊》《星星》《北京文学》《花城》等。获第一届大江南北新青年诗人奖（2016），2017年度陈子昂青年诗人奖。

玉珍的诗
· 7首

一片漆黑

一颗滴答叫的钟心
融化了夜
到处是南方,但不是坐标系里的南方
树的气味在蔓延:夜的气味

蚊帐与玻璃杯被手触摸到,声音发出在
不存在的地方
柔软的——迅速撤回的颜色
被光的消失吓退。所有人的
眼睛。被漆黑吓退

脸在夜盲中显现出样子,记忆的而不是
看到的样子
那时我还在宁静的乡村老家
夜深了我关掉电灯,完全的漆黑
扑过来。世界迅速消失,我大叫
——漆黑无动于衷

人走进这儿被抹去
像空气散开而声音是我们的风
风是漆黑的
站在无意识当中我漆黑一团
将世界放空。

黑眼珠盲目地转动。想象从内在发出它的光
我看到了漆黑吗?黑是什么?
巨大的无色摁住它的空洞
黑仿佛还没显形。空气也是黑的

婴儿抚摸着柔软的水,
婴儿的柔软一片漆黑
我也是漆黑,我不在那看见的地方

秋　天

在这颗黑色球体的中央
夜正发芽,
我闻到了什么在空气中发生

秋风早到达了
我认为夏天到此结束

热正在它莲蓬头下洗澡
夜空消化着变质的隔夜饭
雨仿佛停了,谁生下了皱巴巴的婴儿

而声音没有停止,
一种细微的气浪在涌动,使流浪猫抖了抖耳朵
巨大的瓜仿佛正腐烂
熟透后的死分泌出泡泡

但风是干燥的
风是个熄火的气味

但我不在乎

我在语言中挥霍一种年轻
疯狂,灿烂,自我的现代主义
这是危险的,但我不在乎

去分析恶的人性会使人老得快
敏感也一样,这是透支
这是观察的代价
但我不在乎

曾经我看上去那么强
像走在宽阔大道上的人
前面是无限的可能

但现在我爱幽径，那儿荒无人烟
没有任何人看着你，没有人在前面
我喜欢这样

我爱的是不需要语言陈述的东西
我写些本不需要去写的东西
现在我很焦虑，你也一样
但这就是生活

爷爷走了

多蛇的季节，死神来了
我在家附近的丛林里摘果子
亲戚跑来跟我说，你爷爷没了
她的脸真漆黑，
我迅速飞上马路，
几乎没使用我的脚
就
出现在大门之前
我的爷爷自己将稻草摊开
在后屋的墙根
坐在那儿等待死亡
没有其他人在家，多蛇的季节人人都很忙
当妈妈归家时爷爷已去了天上
天很热
在那之前我遇到一条蛇
它圆凸的眼睛让我想吐
它潮黑的扭动恶心如死神
我与它对峙，不敢动弹
蛇钻入草丛
像烟气隐于土壤
我拔腿就跑
像死神跟在身后

最后的我
——给赫塔·米勒

在这里我一无所有，在别处也是
徒手来去的路如此轻松

我爱玫瑰但它刺我，爱时间而它
不辞而别。谁曾用诗歌代表所有人
借语言申诉，却无法代表自己

人用哭号震碎生活的面具，在瓦砾中
挖掘往事的宝藏，我们凭记忆而活
真正的爱并不具体，你爱着一道虚光

我爱生但不是生活，爱死亡但不想死
为了听见我培养耳朵，但背叛从未终止
为了看见我几乎弄瞎眼睛

他们在我身上挂满道具，苦命的女主角
用三秒奔涌而出的哭，表明入戏太深
我爱谁爱得忘记自己？如果世界冷酷
我将无功而返

哦，为何——我总是听见哭声，
虚幻的人民在梦里游行示威
举着旗帜这瘦削的脸
在一片人海中梦想出现

我渴望与时代一同上路
这所有心跳的大动脉中
我只是一滴血

醒　来

我的梦如此浓烈以至于溢出现实
我的死过于缓慢以至于生生不息

母　牛

牛夜里要生了，肚子沉如黑暗
雪掩埋一切除了那些小屋，井上
有温柔的雾，但空气凛冽极了
伟大的时刻——在昏暗牛棚里
溢满干草香和湿润的母性之苦，
它一动不动，干草垫拥护它巨大的肚子
温柔的眼照亮了暗中的一角

巨大、慈爱、凝望着虚空
昏黄的手电光
将它们装在一小团金黄中，它也意识到
诞生的庄严
两种生命在进行之中，
一个在降落，另一个也在降落。
虚无的意义，纯粹、无瑕，还没睁开眼睛
在彻底的崭新中，风穿过树枝
冬青上积雪摇晃，掉落，牛棚里寂静无声，
装满神圣的祈祷
雪在落下，重构至白的世界，
牛在诞生，从黑暗、湿润的空中挣脱，
完成了！一个生命分裂成两个
雪还在降临，一头健康的幼牛已降临，
将血污、羊水、虚弱，压在
它唯一的纯洁之下
母牛黑暗的子宫仿佛雪之心
冷，寂静，外部纯洁无瑕
这就是生命
雪清洁着赤裸，默许它到来
真安宁，母与子的时刻
突出了某种凝重。香樟在牛棚上罩着
一个厚厚的穹顶，结实、宁静
而我离开那儿，八岁，或十岁
在门前看到满天的星斗

玉珍，1990年生于湖南。主要创作诗歌，兼及散文、小说、随笔。作品见《人民文学》《十月》《花城》《作家》《诗刊》《长江文艺》《青年文学》《汉诗》等。2014年人民文学诗歌奖年度新锐奖，2017年获小众年度诗人奖、《长江文艺》双年奖诗歌奖。出版有诗集《数星星的人》《燃烧》。

曾毓坤的诗
· 3首

赖特自宅及工作室

我决定拜访你
清雪，热车
顶着阳光和西风，就像驾驶一个星球

没有轨道，也没有
引力和车辙能同时扭动果实与宇宙
子房的开合里所有仪表盘都是必要的

像燃料耗尽的人类末裔，我
从车中走出，在每个精确的暂居点
用脚步在雪中做无用的、重复的测量

在你面前，我就是我的误差，是溢出
世界的雪。我和我们终将聚集在此
越过那棵杏树，越过你，再集体越过
一次平差的盲信。
　　　　　　　我们决议信任你的设计者
　信任他在隔间里许诺远江的纸鸢
在他的工作室里构想干涩的图纸如何
速记吊兰雪夜的浅唱。他的六个孩子
所空出的阁楼空旷得像天使的花名册

无人在此处寻找你，安放你，实现你
你是劳作也是时日，在你之中我住着
　　　　　　走失者重回原地的喜乐

带着弗朗茨去看海

走吧,世界是你的后院
带着你,我们驾车远行,却不会离开家

驾驶座拥挤,像移动的、藏宝的礁石
或者海妖赌命的歌喉
路边是富贵者堵耳的豪宅
或者华美的桉树
在冷风中举起苍白的桅杆

弗朗茨,你还在叫
你的叫声会停在
我停住大海的那一刻
此时,外面的风暴像郊夜
能容忍注定贫贱的
少年皇帝的巡游

你将只在那一刻之前不同于我
那一刻
正要
冲去未曾刺破雪山的
雪白蹄迹
也沿着我的手臂上升
也顺着我的怀抱退化

冲浪者在你我面前更衣
走进他们扁平的大海
车辆在他们身后,静得
像城堡里读信的斥候
弗朗茨,我们也将从容

这是美国
弗朗茨
这是你第一次在海边
离开家

维也纳的时空体

1
大西洋上空
有一个低压槽；
它向东移动，
和笼罩在俄罗斯
上空的高压脊相会合，
还看不出有向北避开这个高压脊的迹象。

等温线和等夏线对此负有责任
空气温度与年平均温度，
与最冷月份和最热月份的温度
以及与周期不定的月气温变动
处于一种有序的关系之中。

太阳、月亮的升起和下落，
月亮、金星、土星环的亮度变化
以及许多别的重要现象
都与天文年鉴里的语言相吻合。

空气里的水蒸气达到最高膨胀力，
空气的湿度是低的。

一句话，这句话
颇能说明实际情况，尽管有一些不时髦：
这是6月里的一个风和日丽的日子。①

2
我们的语言
可以被看作是一座老城，
错综的小巷和广场、新旧房舍，
以及在不同时期增建改建过的房舍。

这座老城四周是一个个新城区，
街道笔直规则，房舍整齐划一。②

3
谁正在抄写箴言？
城市的三相点
战壕将建往何处？
哲人脊背上静默的湖
如何给下一个词止损？

推动小山的泉水
为何要夜行？
在此，城市是历史承建的巨堤
在此我们听见无个性的冰碴碰浮士德的海
在此

4
火车站是开放的，这种规则驱使漫长的铁轨停下，停成脆弱的蛇。正直而注定在地面吃亏。异乡人小心地提腿穿行，像厌食的秃鹫。这是他在这座城市的第一个时辰，第一个下午，他渴望褪去的阳光像月背渴望在另一个时区里饲养夏夜的蝉鸣。

这是一种缓慢的想象，知了浸入了异域的松油。缄默在十字路口的阴影下，缄默在镀锡的痛苦里，在对崭新的旧世界的打量中，他激动得忘记一切外语，在狭长的藏身处里对撞所有从中欧走出的主角。

5
车站——僭越的心；向拿破仑拍手称快的丛林；这里的餐馆以选帝侯知名，以盐为耻；皇城，旅者之城，街头音乐家之城；塔尖；夜里的议会抱着宫殿入睡，盗墓的异香，无人列队的旗帜立在所有的忠诚上，向历史轻声喊话；非洲象曾在此终老，马车还在驶出，背着总理们，围着游人们；深夜的铁轨是磨牙的巨犬，背负世纪的小坡偷偷滚入喊街者红移的钱袋，绷紧整座城市的纽扣正此时此地地铸成。

①穆齐尔《没有个性的人》，张荣昌 译。
②维特根斯坦《哲学研究》，陈嘉映 译。

曾毓坤，1991年生于江西赣州，现在美国芝加哥大学人类学系读博。

张铎瀚的诗
· 5 首

巴赫篇

我现在不怕任何。气候必须是疼的,你会走向我,
跪让心在受害中来临!我们看彼此——冰的摩擦。
是有一种羞耻,之中放荡着眼球、后脑、完整的忧郁星丛,
它们又翻身成为微弱的巴赫,阴部,冬夜,心跳之美,激素里的
奴隶,像尼采,一边计算一边毁灭。记忆卑湿,被心智烧干。而
神如声音,一直在动,你伸舌尖,骨头配合无声,听我对你:爱。

火鸟篇

要一直跟音乐在一起,而不是斯特拉文斯基。
燃烧要突然,才可清算掉到它为止所有不真的心——
不真就是不绝对——我们回返的夜里,天上烟火正复活;
绝对的一夜降临,记忆庞大如感染,黑色天空有指示——
要一直跟黑色在一起,而不是天空。我抑止我所能摸到的剩余夜晚,
祭出内心的动植,毁掉胜利,成为爱的一个武力单位,读你
温暖的颈,脸颊上,快要挣脱温带的明火,还有完美光体般的
"适婚的心"[①]。要一直跟音乐跟你在一起,而不是试探者,群魔,芭蕾舞,
此一行星的假反派,空洞的拯救,或多余的睡眠。灰烬电影从四周触摸我,
我们离开吧,也不用飞,我们一起分解为快乐的死橙色。

① 语出贝克特。

祝福的致死量引我们——
——给艾,和共同的《忧郁症》

祝福的致死量引我们频频回返那半部末日
电影;赞美冷灰,吹散黄金。初见的细节
稳如蜂鸟:发亮的眼球啊,瓦格纳弥漫,
交谈的欲望,被一种凝练的重要性果断推远。
三月,我是每天手拿水果啤酒的人,推门
走进正午,心在不息地写信。接下来是无尽的
爱与黑暗的重演,已涉险过的冬天春天,所有的
晚间——我们爱它们。我们——恐怖的词(世界!)

写给她的话里总提及星体,是天文病,也是
节庆。一些时刻我被禁止爱她,但一定不在
末日——没有谁规定过不死的航班但我们活着。
光撞破知识,一种牺牲里和她再次相遇、相爱,
手掌下的海底电缆—信息—血滴铃铛——按下去,
对时间绝峰的肯定;在黄昏用餐,递她杯反对全部
电影的野牛草,冰过的,掺血的,我的,一月,二月,
三月,日日夜夜。

谛念或禁闭篇
——致(在长春的)艾

人的必死性
——我们法典般严厉地分享。
地理将恋人和唯一者升为瀑顶。将看见:血滴宰制甘泉后还延缓了全部新流。
全都为我暂停。
世人首先吃下结过誓的草却轻蔑起牺牲法则,他们以为这是轻罪。
爱情狂乱且美的世纪初,窒息像极了音程它反复渗透毫不害怕的我们且不急于退逝;
死者不死的衣,谋杀者仍旧柔板的未来,
——都在诵读:鹿对于牺牲的自律。
自然不挑逗,自然只爱,或写清清白白的死亡的句子。
岩石!专制起时间。
重型机械不再年轻,文明也会死——这是黑暗地带
偶尔为我们兑现的德性,你跟我,就在其中推门出走,观测次要的女神[①],
在神的上风向在一个可憎的世界里
到处打造家园后又消灭地点。爱你
是和你在极高处

穿过这个春天巨大的玄关,后来朝人类状的尽头处
奔跑时,噬菌体还将依法叫出我们的名字但……我们
换血,我们击退不理解,我们暴露在空气神秘的
……伤害中,发现所有人都正在抱着鹿头发疯。

　　①宁芙,希腊神话中"次要的女神",宁芙与自然亲密,总是伴随特定的地点与地形出现。"宁芙"也是阿比·瓦尔堡钟爱的一个激情程式,他在回答若菜"宁芙是谁,从何而来"的提问时,说宁芙是一个元素精灵,是被放逐的异教女神。

泳

此一刻,有人正在泳着
羞涩的外流河,怀抱赎金
和人间爱,走向我。
一池水呢,曾是一碗冰
加上一樽火,但下一刻
它们都将"正在失去"

水的圣手握满自杀,你也
胜券在握地怒沉自己,黑晴
朗朗,我为深水画斑马线。你
耳语我:享用冷的肌腱,
这残忍明亮的美馔,须得
足够果决。

此一刻地黑黑,慢板的我,
含住微型冰,绳儿捆住我
舌腔,人体里的水,纷纷
以自由泳之姿毁灭浴缸。
而潮来潮往间,

我们杜撰了那么多罪哦,
批注详尽,案例每日都在
发生,却并无一种罪可以
称得上"邪恶",因为
它们实在不够安静,大可
一并敛埋。

此一刻寄居于他人表盘内
的你我,却忧心着时间:

秋凉，树多，泳池尚未
干涸。高低屋顶落满人脸，
圣人罪人爱恨常作。

继续泳，喷火的时刻指日可待
台风里树们终于开始向海竞走
列阵而来，分头离去，友人的幻声
已被树分成两份，你弥散，我不在。
而通缉令清晰的广角镜里，竟仍
反反复复拎出凶猛的我俩。

张铎瀚，1999年生、诗人、艺术工作者，音乐媒体"烬[進]化耳朵"的联合发起者与编辑；个人写作与译作散见于《飞地》《诗刊》《诗林》《观察者的技术》《艺术界LEAP》《吉娜水池》《法国理论》和个人公号"夺铎堕"等，曾获光华诗歌奖和重唱诗歌奖等，现就读于中国美术学院跨媒体艺术学院。

张晚禾的诗
• 7首

夜（第十）

夜深了，搬了椅子，放在水面上
我悠闲地坐在上面，身体感到累极了
我把双脚取下来，把手也取下来
然后，是所有的器官和感觉
通通取下来，搁到一边
月光把我的白皮肤照得很明亮
透过水面，底下正躺着我温柔的母亲

雨夜物语

有多少雨夜被记住，就有多少黑
提纯出更厚的白，丰饶之海，当我们

安静地站在一起
总有洁白失而复得，总有

胆怯的蓝，向你露水的胴体
呈以致意，谢谢

谢谢，赤桥的暖流，远雾的安宁
谢谢你原谅迷乱的空

海街日记

一座身体的花园,一座
被放纵的,孤独的情欲,正独自

悄悄地发芽,盛开。仲夏夜
那些梅子味的酒,沙丁鱼,那些被海潮

拒绝的微波,煽动着欲求。
刮过身体的风
也要变得清脆易碎,此刻你是蔚蓝的

寂静的,
你在慢慢变回你自己

有什么不可以吗?在镰仓
少女们潮湿地生长

蚂蚁蚂蚁

一只蚂蚁,要比人类更知道
青瓜的甜,雨水的苦

那群来自地底的交响乐团
它们庞大的拆迁队伍,曾精确
测量过古河床的温度

一群蚂蚁当中,必有一只是最大的
它们在湖边散步,在每一个黄昏

生下自己的孩子
那些小小的卵,就是它们的国

那群整齐的蚂蚁,动荡的蚂蚁,读书礼佛的蚂蚁
那群致命的拆迁队,发出的呐喊,绝不亚于
人类的恐慌

雨

站在雨中,站在被雨
打湿的
斜坡下,谈论一个人
和一场远处发生的大火
这并不重要,你说
终于不烧了,那团火
终于不跳了,那个人的心
那些不自由的都自由了
那些自由的将重新
返回生活

你说一场火,烧在
斜坡的那一边
不在这一边
多么美丽,你赞叹天气
雨不偏不倚,下在
斜坡的这一边,
不在那一边

那个从火里跑出来的人
雨水打湿了他的心

没有一辆车到四惠东

没有一辆车,到四惠东
这个城市,没有一个人
从苹果园,到四惠东
从这里,到那里
没有一个人出走,没有一个人
乘上一辆,到四惠东的车
这个城市,没有一辆车
从四惠东出发,开到一个
不叫四惠东的地方
这个世上,没有一座城市
会有一个地方,叫四惠东
所有的地方,没有一个地方
会让我到那里去

会让你从那里来
就像我们不会乘同一辆车
到四惠东相爱

父亲的假牙

曾经有人说，他给我的结婚嫁妆
会是满口的金牙。我想起了我的父亲
那一天，父亲随手摘下他的活动假牙
递给母亲，母亲将它丢进一个
塑料杯里，动作游刃有余。那是
一块粉红色的牙具，镶嵌着3颗互不相连的
假牙，它们相互间隔着一颗假牙的距离
从未感受过彼此的触感，只是那样单纯地
庄严地间隔着，为了完成使命，为了
让自己在价值发挥的竞争中不至于败下阵来
那样认真，僵硬地间隔着，完成使命
那是一次很偶然的机会，也是我第一次
看到父亲的假牙，以及他摘假牙的过程
父亲脆弱地陷进了沙发椅子里
目不转睛地看着眼前的假牙叹息
他没有发出任何声音，或者他早已不具备
发出声音的权利，作为一个男人
早已不具备，为自己落一滴泪的权利
或许他更愿意成为自己的牙齿
躺在即将衰老的牙床上，为自己
研磨精神食粮，或者走完余下的生活苦旅
或者彻底地脱落，或者
作为其中最孤独的那一颗，把自己
深深嵌进自己的肉里

张晚禾，1990年生于浙江丽水。16岁开始写诗，17岁开始发表作品。诗歌作品见于《诗刊》《人民文学》《星星》《中国诗歌》《鸭绿江》《文学港》《西部》等刊物。小说和文学、电影评论见于《青春》《青年文学》《山东文学》《湖南文学》《文艺报》《看电影》等。曾参加首届《人民文学》"新浪潮"诗会，入选浙江省"新荷计划"作家人才库。现居北京，供职于某报社。

张小榛的诗
· 7首

机器娃娃之歌

凡是父亲不能讲给你的故事都是好故事,比如年轻时在街上为马匹决斗。
或者桃花盛开的日子,一个少女一个少年。
你我都从未忘记任何春天见过的脸谱。
又比如怀胎到一百二十日,你身上长出的第一颗螺丝。

无疾而终毕竟太好,拆成零件才像点样子。
那时请把我的头翻过来朝向天空。亲爱的霍夫曼,那时林中小鸟将唱出憧憬之歌。
霍夫曼抱紧我,藤缠着树,线圈绕紧铁钉。
你没看到我眼中有闪光的字符串流过吗?

欢乐。我趴在天鹅绒桌面上孤独地欢乐。
这欢乐硕大透明,白白地赐给我,如同漫长的孤儿生涯中偶然想到父亲。
无疾而终什么的就算了;我想我还是应当被恶徒拆散而死。
像在母腹中就失丧的代代先祖那样。

剥莲子的机器娃娃

为了上帝我们采莲。我们采莲,喝米酒,采莲,
采那清如水的少年郎。为了上帝我们看海去,
看你布满齿轮的心脏升起在海面。为了母亲
我们把日子斩段、切丝、剁成馅儿,炒进时间的无谓流逝。哦
大片大片的残荷在雨中凝视我,为了父亲
我们衰老,等它们体内
分娩出地球轴承使用的钢珠。

为了父亲我们采莲,采南浦的少年郎,
和他一同老去。雨降自四方,直到

他刻薄的唇上落了飞虫。你不会看见衰朽的挖藕人
怎样将他抬起，放下，收纳洁白的骨殖。
我们采莲，用磁石吸出钢珠，为了生育的日子
得以免去疼痛。
海面上升起白鸽，榆钱撒满去时的路。

透过玻璃的莲蓬我们看自己，看肺腑翕动，
沸腾的海烹熟肋骨。
小腹中，月轮升起来了。升起来了。
带血的月轮升起来了。

二十四番花信风轮流吹过，残荷带雨
洗净脸上笑颜。她的碧玉搔头仍沉在水底，
现在她也睡在那边。为了人生如梦
我们采莲，采莲，以酒奠地，悲叹我们没有灵魂。
为了人生如梦我们结交没见过的朋友，
与木石相爱，放任自己刻薄。
为了人生如梦，我们吞下地心的钢珠，如同吞下太阳。

我开始怀疑

我开始怀疑生活的真实，怀疑
有一只假猫死在我虚构的记忆中。
小桃子。在沙发底下，它曾刨出
几颗爬行的恒星。地板缝里
填满沙砾大小的黑洞，把日子吸走。

当猫在床下翻找星星，
我们饿、困、疲劳、渴望交配。

小桃子不吭声，沉默，直到死去。
家里的蟑螂都在，沙发皮是完整的，
地毯上没有它的毛。它死的那天
母亲正把冷杉树拖进来、整成锥状，
挂上糖苹果和星星。

我开始怀疑事物的存在，怀疑
掩埋小桃子的土以神经纤维构成。
今天上班路上，有只野猫停下来看我：
小小、金色的曼赤肯。
我便坐下来，准备一场久违的痛哭。

四月二十二日

但无人能胜过一句空白的诗
被吟诵千万回。

或许，某些时刻，别的
人民竟能搬动淹没他们的海，
但无人能杀尽远来赴死的
每个铜风铃。谁将那
掩蔽我们的黑夜储存于湖畔
如江湍流，水声中，一个晚春。

   我拾起铜。风铃是静默的
好似蓝布上的缝线，许多
机器娃娃沉入雨云，剥着不眠的药。
几片茶叶落进南京路。
西湖，我们沉溺于用这潜望镜
揣测别人流离。

因着惊惶摄人心魄，他走到窗前
撕下一页被神烫过的日历：
   四月二十二日，铜风铃落满纸灰。
但无人能刓去湖面，我们
透明如酒精的瞳孔
   正注视所有骤雨疾风。

桃花源之歌
  ——给K

今天不能去了。国的四境都在降雨，像
海用水捆住我们手足，我则
逃到弥漫他人气味的新居，睡在苹果腹中，
通过茎秆传来山洪、抽泣与难眠的夜
令我哀哭如蠹虫。水缓处，大团头发虬结着
乌黑发亮，闪电穿梭其间预备新一场降水，
正如壬午年秋，他们在桃林四周凿开长城
让苦难裹挟黄沙，突然涌入果壳正中。
K，你小小的信仰在立交桥下闪着光，说
世界是好的——真的。草坪喷淋器，
薄雾，三明治，欢快的球童在墙内欢笑：或许

错在我逆着众人无力地怜悯桃花源之
百姓，看群山是他们监狱，河流是他们枷锁。
不要再欺骗苹果树了。没有什么春季，只不过
千百年后，仲冬的回暖将记忆改为初夏。
入夜我们在河边濯足，预备香草与沙砾，面前
流淌秽水的亮马河机器般奔涌。
桃花源斟的酒灌醉北京。是，淤泥与堤坝
将保佑我们平安，平安
直到海或更深的海将我们带走。

竹林下（咏怀）

向那掩蔽我们的夜告别，向霓虹、
寂静的街灯告别。曾经我们同有
一枚向空气中注射日光的针头，
像而今他眼中望见青鸟。

哦竹林，濡湿的叹息与铁砧的轰鸣
浇灌其生长，在夏季自由、自由地窘窄。
他们饮酒，年轻，拔起手枪出去毙掉绝望
的样子倒真好，如移山，如为胡桃剥壳。

若是万事万物都有定时，为何
仍有人将河水剪辑成歌与哭，
当鸟鸣穿过他衣袖？不若取一根竹
让爱在他空的心中结网。

在青瓷内装酒，在青瓷上刻下竹，
虚指的数字如筼筜将我们盛装
在每个光线流过的下午，妄想长城外
没有风的山口，以及若干年后，

谁将挥起发掘我们的第一下锄头。

而今我们挖一条隧道，以赭石与木炭
往那里画上笋。我们躺到大地中沉默着
手牵着手，为了不被列车冲散，
不被春水冲散，或者不被天上星河。

八棱观塔

远处,铁轨缠紧九月末的突起,
谁写的古句伫立在山冈上,让人们路过。
必愿数清浮屠几何的心眨着眼
剪断神龛;檐与檐间连着模糊的鸟形。

与云同俯瞰,钢铁与枕木并置出
漫长的擦肩而过,
将塔周身的铃音擦出多边形。火与打孔器
在离开村庄的路上敲下一串省略号:
一次包围。

现在谁还囤着伤逝。百米每秒时代
我们以为的根,不过是更早的枝叶。
如谁将这小丘原地拔起,成为塔
像雨后漫山遍野的高楼涌出地面。

一千七百万次观望,凛冬到下个凛冬
足够宣战吗?塔膨胀、充血
每个窗口都射出年代鉴定、草木灰与怒。
许多滴注视从云层跳了下来,路过窗前。

伤逝。春季向四面八方蔓延
山峦雇佣的开花师再次与百草和解,用梦缝合词与词。
我的祈祷跟在不幸身后奔跑。

这也是伤逝一种:
不会有人特地到原点去。即便
铁道将所有的错失编成辫子缠到世界脸旁。

张小榛,青年诗人。1995年出生于沈阳,毕业于武汉大学,现居杭州。作品散见于《诗刊》《青年文学》等,有自选集《机器娃娃之歌》。

赵应的诗
· 6首

城市灯光

意外收获，真是意外收获
青草围拥着马车和寺院
青草自不待言，上了年纪的树
都有一种矮小的感觉

非凡自少年时代起，沿着那堵墙
俯身走过月光和流水
一点光、一点亮都是民间的
是天国，在操场，但你不是那个人

耳闻对岸是一道路障，大雾弥漫
歌声越过这块空地
这块空地丰满如花但从不独自
凋零，像一只被杀害的公鸡

在空洞的瞎眼窝之中豢养着
三只小孔雀。午夜不请自来的武斗
以及隆隆枪声炮声——信则有，不信
则无，则担惊受怕，紧闭房门

独居斗室可以去干些什么勾当
一年十二月，你像普通话一样认真
客厅里伐木丁丁，树枝嘤嘤
那一瞬仿佛所有医生都怕鸟

绿皮火车

正当黑夜和白天被铁轨生生劈成两半
地平线崩坍了

沿着山脉,绿皮火车行进着
基于疼痛,它们
只能用吞或吐,上升或下降
来重估自己
以及那些被大地担心的人

正当水与远方簌簌而下
敲不响的山峦
回声留在庙堂之上
它们共同构成了夕光
和薄凉的尾气,在钢铁和空气之间
在呼吸和睡眠之间

有一部分曙光正悄然集聚
另有一部分行客远在天边,他们六亲不认
而在最后的旅程
我竟能重返人之初的时刻

火车,火车,一件旧大氅将命运容纳
这是漆树,一棵白杨熠熠生辉
这是北方的大河照常奔流

雨雪曲:送祖

人群站立。
乱坟岗上千万颗头颅重新上路。
这是黄昏中的一次送行。
悲恸一年一度,
旌旗森严不同寻常红白事。

纸与钱互换着身份,
纷纷暮雪与我枕藉在河的另一岸。
是时候了,
赵家父子三人成行跪下。
箪食壶浆的事情全都交由列山川完成。

匆匆。
……你来去匆匆
可还识得自家列子列孙?

这里并不是依山傍水的地块。
所有心事在此刻但说无妨:
前世今生、你我
皆是承蒙土地宠幸的自由民。
我是儿子,
将来会成为父亲。我须臾不停地
损耗着粮食和酒水。

我终于成为一个披览世事沧桑的普通社会角色。
此刻雪地上火映肮脏,我的吆喝瞬间
同落日消散。一缕青烟久久传递,
荣辱掩饰着人群的泪与笑。

黄金树

玄妙的暴力、极致的美。
那是在别人的村庄,接天黄金无穷树——
却有另一种辉煌的末路,始终在我的胃中制造阵阵战栗。

譬如黄铜茶炊、无际之水,
与此同时,我家的半亩玉米地隔河同时向我
宣扬三种美:建筑、音乐、绘画。

此举不像城郊的机械工厂,大齿轮紧咬着小齿轮,
一具具半睡半醒的人形肉体被拘困于厂房车间,
它们无根无茎、无叶无花,
顶多算是一件件工艺粗糙的蕨类植物仿制品;

唯黄金树无语而立的死,
是最为真实的死!
无所谓美同样无所谓丑,
一切生长都是为了迎接死!

倘若有一滴干净的鸟粪被允许附着在蝴蝶的翅膀上,
不用说,立马会有更多的鸟粪前赴后继攀援其上。

这听上去多少有些像前朝的风流韵事，
也许从旧世界擦亮第一根火柴算起，黄金树——
这玄妙的暴力、极致的美，
便早已万分羞惭地跪死在街头了。

历来拖拉机只依赖于载油量和既定的社会秩序运转。
一个个贩运和被贩运之夜，
依托着它的力量被重重推向黎明，而时代
正把白花花的屁股高高撅过我的头顶。

像黄金树紧盯着皇天后土的脸，
等待着，盘算着，思想反复被提炼，一心要在田间地头
咬出彬彬有礼行政者们螺旋般好看的手印。

一枚印章的重量

一枚印章，它的质地是历史，
在民间。手持宫灯的仕女于众目睽睽下
凸现而飞，一声落照掷地不起。
玉石，涸在坚硬的画册一页，时光陷落。

有时是樱桃，有时是芭蕉。
可爱的人，她姣美的发型是雨燕，
她遮蔽的山水是潮起潮落。
衣着变换间，她的嘴唇
便如一座篆刻的城，在梅雨季节
举手、投足，不经意中落款。

此刻，只有我的服色是最相宜的。
比血更红的是夜晚，比夜晚更深浓的
是在菜市场垂泪的妇女，守候天明，
许多赞美之后，她的羽衣会越来越美。

而一枚印章的重量，是花的绿、果的红，
秋天欣欣向荣。当我正与烟酒连成一片，
提笔画山，附庸风雅，
一颗故作稳定的心，顿时方寸大乱。

介于格斗与贩卖的荒原之行

介于格斗与贩卖的荒原之行
为诗人所企慕,为漆树工所厌弃
传说在脚下叫喊,蛇鼠格斗自行暗淡
更为棘手的贩卖追及当年的友谊

裸的草甸凝神叹息,而我们
只是在叹息中
自去他国,音书断绝。某日风和日丽,打开邮件
"历史恩怨非我可解,我亦无处可解"

焚烧是债,青烟攀上云霄也是债
轮番起降的那只浴火仙鹤文笔笨重,压下山脊
我竭力描述,用词不准但音色辉煌
如果我就此封笔,妈,你会喜笑颜开吗?

路人仿佛皆知我在语言的劫难中起飞
理论上的喝彩后撤十里,更使人怵目惊心
介于格斗与贩卖的荒原之行
更精确的计算于微小处更暗

赵应,1993年生,山西灵丘人。山西省作家协会会员。作品见于《诗刊》《星星》《中国诗歌》《延河》等几十家期刊。著有诗集《微神》。现居杭州。

周乐天的诗
· 6首

观马远小品

1
松上飞鹤,
月下赏梅。

实景有所不同。

2
未能修剪,莫辨松枝与松针
不可预料,时有浮云游经

3
他坐而研墨、你斜卧,仰视归鹤下沉的脖
他立而操琴,你抱杖,凝望灼热的月亮

4
我松弛,鹤仿佛飞至面前。
你没有我内心的焦虑。

我虚静,月于万籁中入定。
你没有我内心的焦虑。

5
松与梅几近左右对称,
鹤与月在同一处现身。

6

你于萧散时吟咏，诗很快入纸，
我不及你的文。

你于忧思时赏梅，色很快入诗，
我不及你的质。

7

白日，南风吹开宽袍，有竹清晰得如在石上
夜间，寒气合上衣襟，是梅之外皆为幻影

南　站

你还是那位绿丝绸女士，这是谁在说话？
可我的眼里你已紫光四散，此刻向晚
潜入异邦人的面孔，紧贴心的裂缝

海岛上的柳林来回抛掷你的妆容
像流星、像知更，像我正被托举着
被你，又好像你只是站立，却不吐露

朋友都在新婚中，如我早年放弃的乐器
急不可耐地想要发出声响。但学徒
若非你的儿女，我的渴念由谁驾轻就熟？

不等你离开，一个幻象在高速投奔中
趋于消躔。鼻尖已凝视最美的细节，
于你身内吸吮，多想成为汝爱之新语。

过南山路，入秋

在观音洞上车，司机是位瘦削且
扎马尾的男生，他借我粉色充电线。
双脚酸胀，下山就合一会儿眼吧，
电台播放着几年前的欧美榜单，
年轻主持人如此不顾岁月……
窗外的喧闹随着入目的霓虹渐高，
我松了松脖颈，他正私聊一个女生。

（从表情包来看并不觉得是男生）
掐灭转向灯的操作杆缓缓复位，
"咔滋"的提示声显得他很沉稳。
湖上手划的游船也开始归岸，
外形可羡的年轻男女从美院出来。
可我的泪腺是打算攥紧心儿吗？
在龙翔桥下的巨幕彩屏前它渴望退缩。
南山上的水月观音正盯着一只蜘蛛，
又或是只残蛾，而夜色正踱出钱镠之梦。

大宋醉酒者

那之前，我怀着戒心
倚靠望湖楼的窗棂。霞光
如绵骨针一般穿过我。

"这是数刻钟的奖赏，
当技巧在高阁之内替代工匠。
我身上少见的颗粒，与这
急需辛辣的舌，已融入眼下……"

  缓吟道，"湖心有草坡。
  坡上，套在绸缎里的仙班
  循着月色，往桥洞中
  投掷公子哥们的词牌名。"

彼时家中，妻也该
宰鸡了。把血洒上
灿若麦田的韭菜花地。
一只鸿雁停在树梢。
徒孙们细细观察
山后有团从淡至郁的勃发。

  嗟叹："岩上的开片。
  洞外有天，从石像内扩散开的
  大雾啊！一灭，群树就
  站满了长须的白鹭。

"他又斟满了我的杯。
铜缸里，鲤鱼追逐着吐出的气泡，

青烟将要挣脱精细的迷宫灯。
我起身,走入打湿的酩酊:
凤凰山下的龙息深如浑雷,
虎窑内,蟹爪纹扑向我折光的虹膜。

　　合唱:"何处可觅曦?
　拄杖,沿溪,行六七里。
　见草屋如许,可入,
　亦可观,观绝不若入。

童子之发,齐整如夜色的马鬃。
厢厩内,香料与一簇火苗,
暗示那巍峨正在耸动。不久,
也将倒伏向灰鹭的鼻沟。"

瞧他,又在钱塘门遗址闪现。
指尖的烟头吸引着湿枝,
确保丢弃,不会是另一场火灾。

大宋逆旅者

高位的旧识们如虚假的日月
我是险峻的山丘,被极热
和极寒的光线轮番打量。
京城是暂时柔软的樊笼,
圣上,您请回吧。老夫仍愿
自赴杭州,为宋朝疏浚一种美德。
荷叶准时地从淤泥滩中
撑起阴凉之伞。哦,荷叶,
我宁愿你别急着向我
这身携风骚和诅咒的旅行者
吐露任何艳洁的心灵。

白乐天的情趣屡次入梦,
提醒我更替是习习的真实。
衰颓的明堂里,我冒汗、读史,
似乎躺在西湖之底,与水魂共枕。
劳工一锄锄剔除我的肉身,
又搭起一条阻碍流逝的时光之堤。

惠阳、儋州，还有廉舒永三州。
大赦如一次日全食，鲸吞掉
我仅有的那点自己。常、汝二州
为我筑起潦草的墓室。阔别的
眉山终于显出声色，它只是成真。

汀洲吟

在方家弄
她为痴立着的我
归来
衣饰垂挽如夜行山涧
身姿纯乎为
一种表达
步履
是泠泠之黑华
眼神依稀
用于锵然地拔擢
我之襟怀
正对夜，茫茫开合
色身
尤其唇齿舌
下沉不断
又拾级上攀
她便
如一银铎
扶摇至
那月光之苑！

周乐天，1999年生于杭州临平，毕业于复旦大学英文系，担任复旦诗社第47任社长，曾获复旦光华诗歌奖（2019）。

评论
Comments

诗建设

半说九〇一代诗人

张光昕

1

拉康童年时阅读的第一本书,名字叫《半只鸡的故事》,书中的二维平面永远只画着半只鸡(是啊,我们在自己的书里看的也总是半只鸡)。若干年后,他说真理就犹如这半只鸡,另一面永远是隐藏的,而我们对真理的说辞也永远只是一种半说。那么此刻摆在读者面前的这部九零一代诗选同样一页页呈现在二维平面上,一份青年诗人名单,既熟悉又陌生,也只显示了一半,另一半永远隐藏着。所以无论任何对九零一代诗歌写作的观察,充其量也只能是半说(因为我的观点仍是片面、孤立、静止的),只能对他们给予一半的肯定,让另一半保持沉默。

青年诗人有着迫切而强烈的情感表达意愿,这种紧迫感像弦上的箭呼之欲出,他们渴望发出自己的声音,更渴望这种声音被另一群人听到。专业性、权威性的诗歌书刊满足了他们发表诗歌作品的愿望;反过来,这批精挑细选的作品也印证和强化了书刊的专业性和权威性。一边是青年诗人渴望表达、渴望被阅读和承认,另一边是书刊对佳作的吸纳和持续高水平运作,两者的合作建立在双方普遍的需求(need)之上。尤其对于青年诗人来说,这种表达的需求甚为强烈。不必说"一时代有一时代之文学",也不必说"嘤其鸣矣、求其友声",单考察诗歌表达之于青年的意义,仿若乳汁对于婴孩的必需性。为了得到及时的哺育,青年诗人的作品都天然带上了婴啼的意味。

婴啼是主体对需求原初的标记,它劲道十足、毫无方向,清脆嘹亮如一匹瀑布,那飞流直下的气势,那纯粹的能指,那饱满的情绪,甚至无法携带上任何固定的信息。在《罗马报告》中,拉康就提到婴啼,称它为言语的最初尝试,是最早的半说。因为力比多的狂飙体验,青年诗人表达之渴求犹如脱缰野马,又像梦境一样烂漫无极。本雅明在大学时代曾投身德意志青年运动,他

极富诗意地将青年比作"睡美人",因为长久地耽溺于梦境的欣悦之中,他们不愿醒来:

> 青年,无论如何,是沉睡着的睡美人,但还没有一位王子接近并释放她的任何迹象……她要向青年人表明在他们自己身上唤醒一种共通感受的方式,一种意识:把自己认作不无荣耀地将曲折地走向世界历史并为之赋形的人。

在某种程度上,诗歌书刊扮演了王子的角色,唤醒了沉醉的青年诗人,终结了蔓延无序的梦境,驯服了他们身上澎湃的力比多,满足了他们亮相于文学舞台的需求,并指引出为世界赋形的可能。或许可以这样认为,青年诗人那种婴啼式的瀑布体验,正在借重诗歌书刊的编码操作和空间秩序,习得了他们踏进世界剧场的身姿和步伐。睡美人从梦乡移往现实世界的视野,开始于远方王子馈赠的一吻,满载着清澈的爱。睡美人从王子的一吻中睁开了眼睛,她变成了婴儿,啼唤不已。她学会开口说话,用她的美与梦重新编织现实中残缺的世界。

如果诗歌书刊能够扮演王子的角色,这王子的一吻又意味着什么呢?对于这部即将面世的九〇一代诗选,也即将成为跻身若干九〇后诗歌选本中的一本,它何尝不是一件珍贵的礼物?众多理想声音的花束?它理应具备成熟的价值立场、完整的编选视野、专业的评判机制和健康的艺术旨趣,这是一个很快就要迈入诗歌史前台的方阵,携带着重塑写作观念、修订审美范式甚至改写诗歌史的勃勃雄心。毋宁说,九〇一代诗人的"另一个我"率先被书刊所捕捉和认定,并对他们的文学潜能进行投资和管理,创设出一种未来价值的物质载体和运行环境。

与其说是书刊承担起九〇一代诗人经纪人的职责,不如说是九〇一代的"另一个我"借由书刊的中介对他们的现实自我提出了一套至高的要求（demand）。要求是大他者的语言，也是自我的无意识诉求，它要借重和依赖制度、规则、标准、律法、习俗所汇成的语言系统。"另一个我"正是通过这套语言系统，借书刊之口向现实自我提出要求的，它的目标正是试图将力比多源源不断地投注到那个处处听到"我能够……"的象征界，倾洒在那个严丝合缝的理想自我身上。这部即将问世的诗选成为九〇一代诗人的"镜像"，这批出没在诗选中的九〇一代诗人，从本能地表达需求到自觉地服膺要求，要努力尝试从平庸残缺的现实自我移情到理想自我身上。这段精神成长历程，亦可看作是一代诗歌写作者的"镜像阶段"。

2

"镜像阶段"的提出者拉康认为，主体的需求只能以要求的形式得以表达。婴啼意在唤来父母，去满足襁褓中的小主体吃喝冷暖的需求，但却不得不力图把这一串串具有穿透力的号哭预设为自己的语言。只有语言能触及和覆盖到他们的需求。这些最初的萌芽状态的语言，首先引来的是父母听到哭声后嘘寒问暖的语言："宝贝，你饿了么？""你尿了么？""你热/冷了么？""你开心么？"……这些聪明的小主体几乎第一时间就掌握了这套成人世界的语言，只是他们说得还不够"理想"，不够"约定俗成"。但他们已谙熟了哭声的额外收获：除了能依靠它满足生物学上的需求之外，更能让他们独占父母的爱，甚至是每时每刻、无微不至、无穷匮也。如此一来，婴啼的现实目标（吃饱穿暖）很容易实现，而远景目标（父母无条件的爱）则远在天际，深深诱惑着他们。

我们此刻面对的这些初出茅庐或小有名气的青年诗人，不也正分享着与元气婴儿相似的无意识结构吗？仅仅满足青年诗人发表作品的需要，还远远不够。他们表达的需求带有原始的刚性、蛮性和不可驯服性，不可能成为青年诗人尽情挥洒力比多的乐园，也不可能每时每刻为他们提供肆意挥霍创造激情的机会和空间。选本更像一张网，从力比多的海洋中打捞起那些驯顺的时刻和偶然的完美，留下一幅永不成熟的小照和一段过于老到的简介。青年诗人渴望得到诗歌选本（往小了说）或诗歌史（往大了说）的持久呵护和永恒加持，也就是要求获得诗歌之神的眷顾和垂爱。青年诗人要求自己永远扮演词语的炼金士，盼望诗神附体，永远得到语言的庇护。

这个要求是可能的吗？从公开发表第一首作品到接受诗神的爱，一个青年诗人将实现从需求到要求的心灵跃迁，在"我应该……"和"我能够……"之间做出迂回蹀躞的跋涉。他们依靠表达天赋去追求崇高和美感的过程中，会在真实的创伤和无力的匮乏中历尽生活的粗糙界面，会切肤地体会到身心的痛痒和局限，若干种个性化的语言会成为这一代青年诗人劫波和至乐的最终补偿。当生活的现实持续不断地让他们意识到需求的存在时，他们必须要依赖要求的形式去表达。正是在这个可爱可憎的世界上，在这种寻求补偿的艰难过程中，他们比任何时候都更能体验到自己是一个不可置换的存在。《拉康精神分析介绍性辞典》的作者迪伦·埃文斯简洁地揭示了这个过程以及主体最终迎来的精神境况：

> 要求很快便具有了某种双重功能，既充当着需要的表达，又充当着对爱的要求。然而，虽然大他者能够提供主体所要求的那些满足其需求的对象，但是大他者无法提供主体所渴望的那种无条件的爱。因此，即使在那些用要求来表达的需要得到满足之后，要求的另一面向，即对爱的渴望，却始终得不到满足，而这个剩余物便是欲望。

欲望（desire）既非对需求的满足，亦非对爱的要求，而是从后者中减去前者所得的差值。毋宁说，欲望从一种不可能的角度主宰了主体的无意识领域。一个人关于安全、吃穿、冷热等基本需求的表达是一种不言自明的基本生存愿望，而一个人在满足了基本需求之后、在无差别的一般状态里，正是靠欲望来支撑起他的生存维度。一个人借助欲望的力量向他的终极满足和终点救赎靠近，这些目标价值反过来又确保着欲望像需求一样源源不断地产生。

诗歌何尝不是在相似的情境下诞生的呢？诗歌锤炼出语言的剩余物，从日常事务性语言出走，朝向未知的外界和别处。这种剩余物安放了混沌的情感和清晰的思想，为了实现自己的理想状态，诗歌在市井俚语和道/逻各斯的声音之间，往复摆荡、持久循环。如果这种运动接近光速，那么欲望（或诗歌）在力图追寻理想过程中的每时每刻都已经抵达了理想之地。诗歌亦然。在每一次都作为第一次的创生语境和差异性结构中，每一行诗句的生成和阅读，每一个词语都在寻找它的声音和意义，一首诗的每一处细节、每一个局部、每一丝空隙都携带着整首诗走向理想结构的伟大意志。诗歌源于"关不住了"的情感表达，眺望着永恒沉默的神性话语，借后者之酒杯浇前者之块垒，用人类悬留在中途的半说——这随身的语言——去探问欲望的真相。

从想象界的角度看，需求借由要求来表达自身的过程中必产生欲望；从象征界的角度看，欲望启程于需求和要求通力合作的一刻，但却同时背叛了两者，成为一种朝向缺失和空无的神圣诉求；从实在界的角度看，欲望化身为遗落在语言系统中但却无法被完全表征的小赘体（拉康称之为客体小a），它刺破了语言之网，长久逃逸。斯宾诺莎盛赞人类的欲望，将它理解为对生存的坚持。但在拉康那里，欲望却不是什么内在的属性和品质，而是被外在的、人与他者之间的关系所定义。拉普朗虚等人在《精神分析辞汇》中描述了欲望的生成过程：

> 某个知觉的记忆影像仍与造成的刺激之记忆痕迹有所联系。一旦该需求再度出现，一股精神动势会借由已建立的连结关系而产生；它会寻求重新投资此知觉的记忆影像，甚至唤起此一知觉——也就是再建立首次满足的情境。这样一股动势我们称之为欲望。知觉的重新出现便是欲望实现。

诗歌正是这种跟随文明的不满、存在的匮乏、情感的创伤和语言的失灵所联步组建的精神动势、力比多机制和乌托邦影像。诗歌与欲望正是一条莫比乌斯公路的正反两面，形成各自的半说，朝着自己的形象迅猛冲决，积聚成创造的驱力。

3

无论是九九归一式的代际签名，还是历史终结式的结构运气，在九〇一代诗人身上，似乎都构成了某些微型的暗示。线性成长、优生观念、启蒙话语，曾经风靡一时。可在他们那里，如此多的通关护照居然开始纷纷失效了，过去惯用的理解诗歌运动的范式和规律都有些不合时宜了。对诗歌代群既往的观察视野和思考方式，大都善于强调那种符合历史逻辑的"新"，诸如"新人""新锐""新一代""新气象""新面貌""新格局""新势力"等概念，都折射出单一进化的世界观，看重和称赞这群年轻主人翁精神肖像中的新鲜感、可塑性和童言无忌式的纯真。当然，一种强烈而固执的肯定性预判，已经率先注入了我们对"新"式人格的命名之中：新事物必然代替旧事物，新制的完善必然修订旧制的粗陋，新人的改造力必然更新旧人的历史局限性，新诗人要肩负起"后浪"理应肩负的文学责任……

到了九〇一代诗人这里，我们的大历史全然驶进了一片肯定性国度，任何依靠对抗他者而建立起来的改革逻辑都自行瓦解了，任何改革的理由和期待都显得激情有余而理由不足。这径直导致了另一种混乱：一次伟大的出征，刚开头就煞了尾，伊卡洛斯的远翔之梦在拉奥孔式的挣扎姿态中痛苦地醒来。韩炳哲注意到这种整体性的精神症结：

> 这些能量出现了回流,因为它们没有流向他者或世界,而是流回了自我。这种心理反流,即闲置心理能量的拥堵,使我们感到焦虑和沮丧……自我随之被抛回自身,不与任何对象绑定。它绕着自己转,丧失了世界。这使我们感到孤独、焦虑和抑郁。因此,尽管有无限的网络,我们却感到比以往任何时候都更孤独。

正因为这种回流式的自恋结构和通体孤独,我们几乎不能直接在九〇一代诗人身上提取到他们深入骨髓的精神特征,即使能够提取,像各类知名选本上策划过的九〇后诗歌论述云云,也只具表象意义。那些听起来还不算差的概括和指认,那些貌似有理有据的观察和评价,也不过是戴在九〇一代脸上的若干副面具罢了。时代反映、成长环境、情感教育和知识进化等诸种谈资已经过分庸俗和老旧,传承更迭的代际视野也显得粗疏偷懒,徒手拿来的那些正确而空心的皇皇大词、时髦语和本真性黑话更加大而无当。

究竟如何能够直取九〇一代诗歌写作的核心奥秘呢?可行的办法或许是应该远离这个问题。反其道而行之,把他们的诗歌写作放在自身主体性的晕圈中,从他们的历史意象和精神境遇中提取和调用自身。九〇一代诗人并不是诗歌史历时性延伸的幻象,他们的写作价值更适合放在一套共时的矩阵里去辨识。九〇一代的心灵现实是:鉴于需求必须要仰赖要求的形式来表达,就势必会生成难以化解的欲望。又鉴于九〇一代的需求很容易被满足,不断激增的精神动势便对要求提出更高的期许,以至使他们的自我解放和自我实现更深地依赖其欲望的表达。

既然欲望和诗歌已经互相结成幻影朋友,成为同路人,那么在同质化空间里深感孤独和抑郁的九〇一代诗人迫切要做的,或许并不是努力去压抑欲望、消解欲望,把欲望引向其他地方,让它升华,或让它不知所踪,而是要反复告诉自己,任何时候都要保护好自己光洁鲜嫩的欲望,让它不被任何强权和功名绑架,不被任何道德超我成功驯化,不被全息的肯定性世界轻易解除思想武装。欲望必须始终保持欲望自身的逻辑,它无法被永久满足而只能被反复激活,它所拥抱的始终是同质化空间里的空白和未知,并发明异质化的语言形式。一言以蔽之曰,九〇一代诗人的任务,绝不是利用文明的伪装去挡欲望的路,恰好相反,他们要凝神谛听从压抑生命里涌出的精神动势,依循其天赋言权,从善如流、因势利导,为欲望让路。

为欲望让路的九〇一代诗人的价值坐标,不再依赖外部的识别和承认,因为同质化空间牢不可破,而更多地需要仰仗自身的内在体验,以求在力比多回流后的诗歌写作中开辟新的活路,发明新的半说,真诚地为欲望让路。上述主体欲望的三元组(需求、要求、欲望)正揭示了内在体验的基本要素和运行机制，为欲望所让之"路"正是由内在体验所开辟和铺就。空间的异质化或世界的他性，是内在体验的生成条件。同质化空间无法唤醒内在体验，在平滑、安全、洁净的生存环境和认知环境里，一个人很难对世界提出问题，也绝少培养出反思精神，自然对他所寄身的社会没有什么可说的，他跟身边的人也没有什么好交谈的。一个诗人也几乎无法与异质性遭遇，无法寻找到他欲望的词汇表，更谈不上生成自身的精神动势。

在一个享受发达工业和民主制度的社会中呢？泛滥无度的表达自由和行动自由，造成过度膨胀的信息、不堪其重的交流环境和充斥着虚伪和虚假的人文生态。资本增殖、广告哲学和消费意志成为语言的硬通货，同样为所有社会成员布置了一座万能的天鹅绒笼子，它正用肯定的、关爱的目光凝视着一群因过度交流而无力起飞的鸟儿。他者的缺失让真正的欲望偃旗息鼓，几乎制造了一种寰宇性的抑郁症，青年诗人几乎在第一时间通过内在体验意识到了这种倦怠和危机。

4

只要稍加检视1949年以后中国诗人内在体验的变异历程，九〇一代诗人的欲望真相就能一眼可辨。在新的历史界标处，颂歌一代（第一代）诗人创造了现代新诗史上空前的无菌语境，并酝酿出同质化的暴力。相比之下，朦胧诗一代（第二代）大胆发动了美学革命，做出纵向的区分，将他们的前辈指认为他者并予以对抗——不做"英雄"要做"人"（北岛），不要"黑暗"要"光明"（顾城）——这种鲜明的口号姿态也正是从他们年迈的对手那里继承而来。第三代诗人被社会开放的空气吹拂，表面上延续和深化了前代诗人标榜的对抗性（比如喊出"打倒北岛"），但实际上从他者那里获得写作上更激进的解放，将中国诗歌与真正的现代意识接轨，在诗歌阶层意识消解后实现社团间的网络化串联。

此后的诗歌史话语均沿用了每十年一代的方式命名，阶层、代际之间的对抗性逐渐式微，彼此的包容性和网络化在逐渐增强。六〇一代、七〇一代、八〇一代就在这种视野下渐次涌现出来。既往的当代诗研究中不乏若干对各代际诗人主要特征的研究，但在他们各自身上发现的他性是很弱的，也并未准确辨识出各自原生的精神动势。比如部分六〇一代和七〇一代诗人在诗歌史上是否成为被压抑、被遮蔽或无法命名的形象？八〇一代诗人是否扮演了"垮掉一代""堕落一代"的角色？尽管这些现象和问题与那些实质性的他者形象有很大的差距，但它们大都可以放在朦胧诗一代与第三代诗人之间所形成的张力场域中得到细致考察。

还有另一个维度不可忽视，也是颂歌一代与此后各代际的重要区别，那便是西方现代诗人以及他们所建立的价值标准成为了后者共同的他者，它们对中国同行产生积极的压力和刺激。八〇年代后的中国诗人再次对西方他者产生了文化上的渴望和追慕，并在这种双向的合力中走向开放原则和普适性要求。在这个意义上，颂歌一代似乎也存在一个这样的他者，那就是苏俄诗人。较之于颂歌一代的有限他者，西方现代诗人无疑扮演了无限他者，在持续不断地追求客体小a的过程中，他们促成灰阑中的历史主体瞥见了自己欲望的秘密。

九〇一代诗人，在二十世纪最后十年陆续出生，在新世纪第二个十年里接受大学教育或走向社会，他们的成长历程与中国高速和平发展的时期相合拍，是标准的物质一代和数字一代。动荡颠簸的乱世体验、体力劳动的历练、贫困和饥饿的煎熬，在九〇一代身上几乎是缺席的。

他们没来得及尝尽家庭负担、职场风云、贷款辎重、中年危机、健康隐忧等叠加起来的苦楚（这也是大多数青年诗人中止诗歌生涯的原因，留下真正的半说）；他们可以倾注无数的白昼和夜晚去钻研生存功利之外的无用之学，也可以拿出大把的时间去浪费、游戏、沮丧、发呆……又在极短的时间内恢复天真和活力；他们在日趋委顿的直观经验之上堆积和装饰了海量的、以假乱真的二手经验，但彼此之间却很少能发生有效的交换和通畅的对话（他们受困于发达膨胀的半说）；他们热爱哲学、科学、艺术和喵星人，向往体面、自由、有尊严的生活；他们陶醉于阅读和游历，不论经典还是先锋，他们对中外诗人、电影和球星如数家珍，对社会上不平等现象痛心疾首、积极发声。他们不但写作，而且通晓翻译和批评，更谙熟互联网和多媒体对力比多的增殖、分配和内爆。他们既封控又狂欢于各自的界面式生存，依靠内在体验写作，整体而抽象地过完了自己的"25岁"——据T·S·艾略特说，诗人将在这个年龄上获得历史意识，它难道是欲望的一个曾用名？

从颂歌一代到九〇一代，这半个世纪的诗歌轮盘，或可看成是一次倍速的永劫回归。到了九〇一代这里，历史的主体再一次遭遇到他者的消失。尽管历史条件和生成逻辑迥然有别、差异巨大，颂歌一代的同质化现象似乎在九〇一代身上再度降临。齐泽克在《无器官的身体》一书中曾阐释过德勒兹的"重复"概念：

> 这个悖论不但不反对新事物的出现，而且是只能够通过重复出现的、真正的新。重复所重复的不是过去"实际形成"的方式，而是内在于过去的潜存，它通过其在过去的实现而表现出来。正是在这个严格意义上，新的出现

改变了过去本身，它回溯性改变的并不是真实的过去——我们并不是在科幻小说中——而是在过去的实存和潜存中的平衡。让我们回想一下瓦尔特·本雅明所提出的熟悉的例子：十月改革重复了法国大改革，却挽回了它的失败，挖掘并重复了同样的改革冲动。对克尔凯郭尔而言，重复是一种"颠倒的记忆"，是一种向前的运动，它是新的生产，而不是旧的再生产。

正是这种重复的观念让读者看到，九〇一代登场之时，已然随身携带了一部反身的、写满源代码的诗歌史，他们最彻底地经历着他者的消失。如果说颂歌一代围绕着一个乌托邦的神圣点位——大他者的欲望——不眠不休地旋转，那么到了九〇一代这里，则是各自环绕着每个主体的真实欲望翩翩旋舞。随着速度加大到无限，每一位九〇一代的写作主体都在这种自转运动中生成复数的内在体验，为自己旋风般的精神动势寻觅道路，从语言中借来尘埃和灯盏，把自己旋转为一颗自卫（自慰）星。

在接受毕希纳奖时，保罗·策兰发表了著名的《子午线》演讲。他说道：

> 诗想去找一个他者，它需要这个他者，一个对应物。它寻找它，对它说话。每一件事，每一个人对诗来说都是这个他者的形象，它向另一个人伸出手来。

相信眼前这部满载潜能的诗选，在这个普遍肯定的时代里，能够成为青年诗人们一个明亮友爱的他者，帮助他们洞穿时代的白色幻象，直面各自欲望的真相。在历史的重复和自体的重复中，如果九〇一代必将递归为一种潜存意义上的"新"，那么他们写作的突破口一定不是在自身欲望的迷宫里孤绝地旋转和迷醉，也不是在同质化的知识占用和技术胜利上遗忘了生存的荒凉和世界的苦难，而是在没有他者的世界上用欲望的半说去探照那些还没来得及清理的过去，用内在体验的动力——犹如婴啼，一种所向披靡的精神动势——划开自己忧郁而自恋的面具，像一个远方和未来的蒙面人，在需求的迫切性和要求的法则性之间建立平衡，朝向空白一页冲积出自爱、自强、前所未有的记忆和"25岁"的肯定。

2022年11-12月，北京常营

图书在版编目（CIP）数据

诗建设.2023年.第一卷/泉子主编. —— 武汉：长江文艺出版社，2023.5
ISBN 978-7-5702-3046-4

Ⅰ.①诗… Ⅱ.①泉… Ⅲ.①诗集－中国－当代 Ⅳ.①I227

中国国家版本馆CIP数据核字(2023)第054314号

主　编：泉　子		副主编：江离　胡人　飞廉		
责任编辑：王成晨　石　忆		责任校对：毛季慧		
装帧设计：杜　娟		责任印制：邱　莉　王光兴		

出版：长江出版传媒　长江文艺出版社
地址：武汉市雄楚大街268号　　邮编：430070
发行：长江文艺出版社
http://www.cjlap.com
印刷：武汉市籍缘印刷厂

开本：720毫米×1020毫米　　1/16　　印张：20.5
版次：2023年5月第1版　　　2023年5月第1次印刷
行数：7632行

定价：36.00元

版权所有，盗版必究（举报电话：027—87679308　87679310）
（图书出现印装问题，本社负责调换）